Das Buch

»Noch immer ist sie das schönste Mädchen in der ganzen Republik.« Und das mit achtzig Jahren. Paula von Ronda, einst von allen Menschen in dem kleinen Herzogtum im Süden Europas geliebte und verehrte Prinzessin, kennt das Geheimnis ewiger Jugend. Doch dieses Wissen und ihre Popularität haben sie zum Opfer übler Machenschaften und zur einzigen, bedauernswerten Überlebenden des einstigen Herrscherhauses werden lassen ...

Die Autorin

Daphne Du Maurier, geboren am 13. Mai 1907 in London, gestorben am 19. April 1989 in Par/Cornwall, begann 1928 ihre schriftstellerische Laufbahn mit Zeitungsaufsätzen und Kurzgeschichten. Ihre Romane, in denen sie zumeist romantische Milieus mit realistischen Mitteln darstellte, machten sie zu einer der meistgelesenen Autorinnen unserer Zeit. Besonders ›Rebecca‹ wurde zu einem Welterfolg.

dtv großdruck

Daphne Du Maurier:
Die Großherzogin
Ein Märchen

Deutsch von N.O. Scarpi

Deutscher
Taschenbuch
Verlag

dtv

August 1994
Deutscher Taschenbuch Verlag GmbH & Co. KG,
München
Lizenzausgabe mit freundlicher Genehmigung
des Scherz Verlags, Bern · München

Titel des englischen Originals:
›The Archduchess‹

Umschlagtypographie: Celestino Piatti
Umschlagbild: Gisela Aulfes
Gesamtherstellung: C. H. Beck'sche Buchdruckerei,
Nördlingen
Printed in Germany · ISBN 3-423-25093-3

Das Großherzogtum Ronda im südlichen Europa ist nun seit vielen Jahren eine Republik. Es war das letzte Land, das die Ketten des monarchistischen Systems abgeworfen hat, und seine Revolution, als es dahin kam, war ganz besonders blutig. Der Umbruch aus der Abhängigkeit unter dem Zwang eines einzigen Herrschers, des Großherzogs, dessen Familie die Macht nahezu sieben Jahrhunderte innegehabt hatte, zu der erleuchteten Regierung der Volksfront, der V.F., wie sie allgemein genannt wurde – einer Verbindung von Kommerz und Kommunismus –, erschütterte die übrige westliche Welt, die seit langem das rote Licht erspäht und aus Gründen der Zweckmäßigkeit die noch vorhandenen Monarchen auf einen gigantischen Ozeandampfer verfrachtet hatte, der nun mit ihnen eine Kreuzfahrt ohne Ende unternahm. Hier lebten sie sehr glücklich beisammen, hatten ihre Freude an unablässigen Intrigen, heirateten untereinander und setzten nie wieder den Fuß auf den Erdboden, wo sie den befreiten Völkern Europas nur Zank und Hader gebracht hätten.

Die Revolution wirkte als Schock, weil Ronda seit so langer Zeit nicht bloß die Zielscheibe des Spottes der demokratischen Staaten gewesen war, sondern auch der beliebteste Tummelplatz für Touristen. Gerade der geringe Flächeninhalt Rondas unterschied es von allen andern Ländern. Zudem hatte es, trotz seiner Kleinheit, alles, was das Herz begehrte. Sein einziger Berg, der Ronderpik, war zwölftausend Fuß hoch und sein Gipfel von allen vier Seiten zugänglich; auf den tieferen Hängen fand man das beste Ski-Gelände von Europa. Der einzige Fluß, der Rondaquiver, war bis zur Hauptstadt schiffbar, und sein Unterlauf, reich mit Inseln bespickt, deren jede sich ihres eigenen Kasinos, ihres eigenen Badestrandes rühmte, zog in der warmen Jahreszeit Tausende von Touristen ins Land. Und dann waren noch seine Quellen da.

Die berühmten Quellen entsprangen in den Höhen hinter der Hauptstadt, und sie waren es in Wahrheit, die jahrhundertelang den stärksten Trumpf des Herrscherhauses dargestellt hatten, denn sie besaßen außerordentliche, ja, einzig dastehende Eigenschaften. Zunächst bescherten sie, in Verbindung mit einer bestimmten Formel, dauernde Jugend. Diese Formel war das Geheimnis des regierenden Großherzogs, der sie auf dem Sterbebett seinem Erben gab. Vermochte sie auch den letzten Feind nicht auf ewig in Schach zu halten – denn auch Fürsten müssen sterben –, so hatten die Quellen von Ronda doch die Besonderheit, daß die Großherzöge ohne Runzeln und ohne graues Haar in ihre Gruft gelegt wurden.

Die Formel war, wie schon gesagt, nur dem herrschenden Fürsten bekannt, der allein davon Nutzen zog; doch das Wasser der Quellen selbst konnte jeder Tourist trinken, der das Großherzogtum besuchte, und es hatte wundersam wiederbelebende Wirkungen. Vor der Revolution kamen sie zu Tausenden, Männer und Frauen von der ganzen Welt, nach Ronda und wollten etwas von dem Elixier, das in dem Wasser enthalten war, in ihr ödes Alltagsleben mitnehmen.

Was Ronda für die Touristen tat, läßt sich nur schwer in Worten beschreiben. Sie waren bei ihrer Rückkehr sofort an der ganz besonderen Bronzefarbe ihrer Haut zu erkennen, an dem träumerischen, fast entrückten Ausdruck ihrer Augen und an ihrer seltsamen Haltung dem Leben gegenüber, die einer gewissen Wurstigkeit glich. »Wer in Ronda gewesen ist, hat Gott gesehen«, war ein vielzitiertes Wort, und tatsächlich, das Achselzukken, das gleichgültige Gähnen, das halbe Lächeln auf den Zügen jener, die ihre Winter- oder Sommerferien »jenseits der Grenze« verbracht hatten, schien auf eine gewisse Art Vertrautheit mit der andern Welt hinzuweisen, auf eine Kenntnis geheimer Orte, die den Daheimgebliebenen versagt blieb.

Die Wirkung nützte sich natürlich mit der Zeit ab. Die Werkbank rief den Arbeiter, das Pult den Beamten, das Laboratorium den Chemiker; manchmal aber, kurze Minuten, wenn sie Zeit zur Besinnlichkeit hatten, erinnerten sich die Touristen, die in Ronda gewesen waren, an das eiskalte Wasser, das sie aus den Quellen im Hochgebirge getrunken hatten, an die Inselchen im Rondaquiver, an die Kaffeehäuser auf dem großen Platz der Hauptstadt, den das Schloß des Großherzogs beherrschte – jetzt ein Museum mit den Trophäen der Revolution und langweilig wie abgestandenes Wasser.

In der früheren Zeit, als das Schloß noch von den Soldaten der Leibgarde in ihren prächtigen blaugoldenen Uniformen bewacht wurde, die großherzogliche Standarte – ein Symbol des Wassers des Lebens auf weißem Feld – an ihrer Stange wehte und die großherzogliche Kapelle die beliebten rondesischen Volkslieder spielte, in denen etwas von einer zigeunerhaften Herkunft mitzuklingen schien, da saßen die Touristen nach dem Abendessen auf dem Platz und warteten, bis der Großherzog sich auf dem Balkon zeigte.

Das war der Höhepunkt des Tages. Für jeden, der im Rondaquiver geschwommen war, den Ronderpik erklommen und das Elixier der Quellen getrunken hatte, war das Erscheinen des Monarchen irgendwie eine Zusammenfassung alles dessen, was der Besucher dem Großherzogtum gegenüber empfand, mochte er gekommen sein, um zu spotten oder um zu bewundern. Ein wenig berauscht, denn der Wein aus den Reben von Ronda ist sehr stark, ein wenig übersättigt, denn das Fleisch der Fische aus dem Rondaquiver ist üppig, ein wenig schwermütig, denn die zigeunerhaften Weisen rührten vergessene Erinnerungen auf, war der Besucher, allem Vernünfteln zum Trotz, auf eine malerische Lösung vorbereitet; und dennoch war er immer wieder überrascht und nachher gerührt.

Alles wurde still. Die Lichter auf dem Platz dämpften ihren Schein. Dann begann die großherzogliche Kapelle leise die Nationalhymne zu spielen, deren Anfang, beiläufig übersetzt, lautete: »Ich bin, was ihr sucht, ich bin das Wasser des Lebens.« Dann öffnete sich eine hohe Türe, und eine Gestalt in weißer Uniform erschien auf dem Balkon. Fledermäuse wurden, gewissermaßen als Sinnbilder von Träumen, in derselben Sekunde auf dem Turm freigelassen, und die Wirkung war von eigenartigem, befremdendem Zauber; die Nachtgeschöpfe flatterten blindlings in immer weiteren Kreisen um den schimmernden Kopf des Großherzogs – die Großherzöge von Ronda waren immer blond –, und kein Laut war zu vernehmen bis auf das Schlagen unzähliger Flügel. Der Großherzog blieb regungslos auf dem Balkon stehen, beleuchtet von Scheinwerfern, die im Steinwerk der Balustrade verborgen waren, das rote Band des Ordens vom Gerechten war der einzige Farbfleck auf der weißen Uniform. Selbst auf die Entfernung war die Gestalt eindrucksvoll, und in der Kehle des hartgesottensten republikanischen Touristen bildete sich ein reaktionärer Klumpen. Wie ein wohlbekannter ausländischer Journalist schrieb: Der erste Anblick des Großherzogs von Ronda weckte den unter der Oberfläche schlummernden Schutzinstinkt, jenen Instinkt, so fuhr er fort, der für die Sicherheit des Menschengeschlechts besser vertilgt werden müßte.

Nach Aussage jener, die das Glück hatten, ihre Plätze in der Nähe des Schlosses gefunden zu haben, und die selber von den Strahlen der Scheinwerfer beleuchtet wurden, war das Erstaunlichste an diesem allabendlichen Auftreten, daß es sich immer gleich blieb. Die Präzision, die Zeiteinteilung waren vollendet, und der Großherzog besaß tatsächlich die wunderbare Schönheit ewiger Jugend. Es war etwas Atemberaubendes an dieser hellen Gestalt, die, beide Hände an dem Degengriff, allein auf dem Balkon stand, und es hatte keinen Zweck, daß die Spötter ihren Nachbarn zum Bewußtsein brachten, der Großherzog sei jetzt an die Neunzig und habe das alles, lange bevor die meisten Anwesenden auf der Welt waren, schon so geübt; niemand beachtete das oder lauschte auch nur auf solche Reden. Jedes Erscheinen war in gewissem Sinne eine Wiederauferstehung jenes ersten Fürsten, der dem Volk von Ronda nach der großen Überschwemmung des Rondaquiver im Mittelalter erschienen war, als drei Viertel der Bevölkerung des Landes ums Leben kamen und plötzlich, wie die Historie von Ronda meldet, »das Wasser versiegte, nur die Quellen am Hang des Gebirges übrigblieben und ein Fürst sich zeigte, den Kelch der Unsterblichkeit in den Händen, und die Herrschaft übernahm«.

Moderne Historiker sagen natürlich, das alles sei Unsinn, und behaupten, der erste Großherzog sei keineswegs eine Märchengestalt gewesen, sondern ein Ziegenhirt, der nach der Katastrophe die wenigen erschöpften und verzweifelten Überlebenden ermutigt und geführt habe. Mag dem sein, wie es wolle, die Sage stirbt schwer, und selbst jetzt – da die Republik seit vielen Jahren besteht – hüten die älteren Leute noch kleine Bilder, die, wie sie einander zuflüstern, von der Hand des letzten Großherzogs gesegnet worden waren, bevor die Revolutionäre ihn auf dem Schloßplatz an den Füßen aufgehängt hatten. Doch ich greife vor ...

Ronda war, wie Sie nun erfahren haben, ein Land, das der Freude, der Genesung, dem Frieden gehörte. Dort fand der Mensch, wonach sein Herz verlangte. Bücher sind über die Frauen von Ronda geschrieben worden. Sie sind – oder waren – scheu wie Eichhörnchen, schön wie Gazellen und hatten die Anmut von etruskischen Vasengestalten. Kein Mann hatte je das Glück, eine Braut aus Ronda heimzuführen – Heiraten über die Grenze waren verboten –, doch Liebesabenteuer waren nicht unbekannt, und die beneidenswerten Touristen, die keine Abweisung fürchteten und nicht von zornigen Vätern, Gatten oder Brüdern getötet wurden, pflegten nach der Rückkehr in ihre eigenen, aufgeklärten Länder zu schwören, nie, bis zu ihrem letzten Tag, würden sie vergessen, was es bedeutete, in den Armen einer rondesischen Frau zu liegen und den unvergleichlichen Zauber ihrer Liebkosungen zu genießen.

Ronda hat nicht eigentlich eine Religion. Damit meine ich, daß es kein Dogma kennt, keine Staatskirche. Die Rondeser glaubten an die Heilkraft des Wassers der Quellen und an die geheime Formel ewiger Jugend, die nur dem Großherzog bekannt war, sonst aber hatten sie keinen Bedarf an Verehrung, hatten keine kirchlichen Würdenträger, und – seltsam genug – die rondesische Sprache, die wie eine Mischung von Französisch und Griechisch klingt, hat kein Wort für Gott.

Das hat sich sehr gewandelt, und man muß es

beklagen. Jetzt ist Ronda eine Republik, und westliche Wörter aller Art haben sich in die Alltagssprache eingeschlichen, Wörter wie Weekend und Coca-Cola. Auch die Eheschranke ist zerschlagen worden – heutzutage kann man rondesische Mädchen auf dem Broadway und in Piccadilly sehen, und sie unterscheiden sich kaum von ihren Gefährtinnen. Und die Gebräuche, die zur Zeit der Großherzöge so ausgesprochen rondesisch waren, wie der Fischfang mit Spießen, das Quellenspringen und Schneetanzen, sind alle ausgestorben. Das einzige, was an Ronda nicht verdorben werden kann, ist die Gestalt des Landes – der hohe Berg, der windungsreiche Fluß. Und natürlich das Licht, die klare Strahlung, die sich nie verdunkelt, nie stumpf wird und nur mit dem Widerschein des reinsten Aquamarin verglichen werden kann. Das Licht von Ronda kann vom Flugzeug her erblickt werden – denn nun gibt es auch, kurz vor dem Umsturz gebaut, einen Flugplatz.

Selbst jetzt, da sich so vieles geändert hat, verläßt der Tourist Ronda nur mit Bedauern und Heimweh. Er schlürft seinen Ritzo, den süßen, heimtückischen Likör des Landes, er riecht zum letzten Mal den Duft der Rolvulablume, jener berauschenden Blüte, deren goldene Blätter im Spätsommer die Straßen bedecken, zum letzten Mal winkt er einer bronzefarbenen Gestalt zu, die im

Rondaquiver badet; und dann steht er in der unpersönlichen Halle des Flughafens und soll bald nach Osten oder nach Westen gebracht werden, zurück zur Arbeit, zu seinem Beruf, zur Verbesserung des Lebens seiner Mitmenschen, fort aber von dem Land der unerfüllten Sehnsucht, fort von Ronda.

Das Erschütterndste vielleicht an der heutigen Hauptstadt ist das einzige überlebende Mitglied der herrschenden Familie. Noch immer nennt man sie die Großherzogin. Aus einem Grund, der später mitgeteilt werden soll, wurde sie nicht gleichzeitig mit ihrem Bruder hingemordet. Die Großherzogin besitzt das Geheimnis der ewigen Jugend – sie ist das einzige Mitglied der großherzoglichen Familie, das es je neben dem regierenden Großherzog besessen hat. Ihr Bruder ließ sie die Formel wissen, bevor die Revolutionäre kamen und ihn ermordeten. Sie hat es nie enthüllt, und sie wird das Geheimnis ins Grab mitnehmen. Man hatte natürlich alles versucht – Kerker, Foltern, Verbannung, Drogen, die den Menschen zwingen, die Wahrheit zu sagen, Gehirnwäsche, doch nichts konnte sie dazu veranlassen, der Welt das Geheimnis des Jugendelixiers zu verraten.

Die Großherzogin muß über achtzig sein, und seit einigen Monaten war sie nicht recht wohl. Die Ärzte meinen, sie könne keinen Winter mehr überdauern. Doch sie entstammt einer bevorzugten Rasse und vermag die Pessimisten immer noch Lügen zu strafen. Noch immer ist sie das schönste Mädchen in der ganzen Republik, und ich benütze das Wort »Mädchen« mit Bedacht, denn, ihren Jahren zum Trotz, ist die Großherzogin noch immer in ihrer Erscheinung und ihrem Wesen mädchenhaft. Das goldene Haar, die belebten Augen, die Anmut ihres Wesens, die so viele ihrer Zeitgenossen bezaubert hatte – die meisten von ihnen wurden in der Nacht der Großen Messer ermordet –, ist unverändert geblieben. Noch immer tanzt sie nach den alten Volksweisen, wenn man ihr einen Rondip zuwirft – ein Geldstück ungefähr vom Wert eines Dollars. Jene unter uns aber, die sich ihrer noch in ihrer Jugend entsinnen, ihrer Beliebtheit bei dem Volk, ihres Interesses für die Künste, ihrer großen Liebesgeschichte mit ihrem Cousin, Graf Anton – die revolutionäre Bewegung im Lande bezeichnete dieses Abenteuer als Märchen –, ja, jene unter uns, die sich dieser Dinge entsinnen, empfinden beim Anblick der Großherzogin Paula von Ronda, die für ein Abendessen und zum Amüsement der Touristen tanzt, ein Unbehagen, und das Herz schnürt sich zusammen.

Aber jetzt will ich Ihnen erzählen, wie die letzte Monarchie in Europa zusammenbrach, wie Ronda zur Republik wurde – teils auch durch ein Mißverständnis dieser selben Großherzogin, die man jetzt, da das Glück sie verlassen hat, auf dem Schloßplatz hüpfen und springen sehen kann.

Ich schlage vor, die Geschichte von Ronda mit wenigen Worten abzutun. Die ersten Bewohner kamen auf dem Seeweg von Kreta und auf dem Landweg aus Gallien. Und später fand noch eine Vermischung mit Zigeunerstämmen statt. Dann hat zu Beginn des vierzehnten Jahrhunderts der Rondaquiver mit seiner Überschwemmung mindestens drei Viertel der Bevölkerung ums Leben gebracht. Der erste Großherzog stellte die Ordnung wieder her, baute die Hauptstadt neu auf, achtete darauf, daß die Felder bestellt und die Reben gepflegt wurden – kurz, er gab dem hart betroffenen Volke die Lebenslust wieder.

In dieser Mission, die er sich selber auferlegt hatte, halfen ihm die Quellen, die, mochte auch der Großherzog der einzige sein, der das Geheimnis kannte, wie man sie dazu brachte, ewige Jugend zu spenden, doch an sich noch sehr wertvolle Eigenschaften besaßen. Sie verliehen jedem, der aus ihnen trank, jenes Gefühl des Behagens, das Kinder vor der Pubertät beim Erwachen kennen; oder vielleicht wäre es richtiger zu sagen – die Wiedergeburt, die Erneuerung des Staunens. Ein Kind, das weder Eltern noch Lehrer fürchtet, hat, sobald es die Augen öffnet, nur einen einzigen Wunsch – aus dem Bett zu springen und mit bloßen Füßen in die Sonne zu laufen. Dann allein kann es seinen Traum wieder einfangen, denn der Tag, der angebrochen ist, ist auch für das Kind angebrochen. Das Wasser von Ronda spendet diese Wiedergeburt.

Es war keineswegs eine Einbildung, wie Skeptiker manchmal behaupteten. Den modernen Wissenschaftlern ist es bekannt, daß chemische Eigenschaften in den endokrinen Drüsen gewisse Substanzen auslösen, und darum stellt derzeit das Abfüllen des Wassers in Flaschen die Hauptindustrie des Landes dar. Die Vereinigten Staaten kaufen mehr als achtzig Prozent der gesamten Jahresproduktion. Ursprünglich, da die Industrie in den Händen des Großherzogs war, wurde das Wasser nur an jene Gäste verkauft, welche die Grenze des Landes überschritten hatten. Die Vergeudung muß ungeheuer gewesen sein, wenn man bedenkt, daß die Quellen aus der Grotte, neuntausend Fuß hoch, am Hang des Ronderpiks, entsprangen und in Wasserfällen den Berg hinunterstürzten. All diese Energie, die ausgenützt und in die Adern müder Amerikaner gepumpt werden konnte, sprudelte über nackte Felsen, verschäumte in die Luft oder ergoß sich in die Täler unten, nährte den ohnehin fruchtbaren Boden und brachte die goldene Rolvulablume hervor.

Die Leute von Ronda tranken natürlich das Wasser gewissermaßen mit der Muttermilch; daher ihre Schönheit, ihre Lebensfreude und jene Heiterkeit, die weder Bosheit noch Ehrgeiz in ihnen aufkommen ließ. Das war, wie ich den Büchern der Historiker entnahm, das Wesen des rondesischen Charakters – Zufriedenheit und Mangel an Ehrgeiz. Warum, so fragte Oldo, der berühmte Dichter von Ronda, warum töten, wenn wir doch Liebende sind? Warum weinen, wenn wir froh sind? Und warum sollten die Rondeser wirklich über den Ronderpik in Gegenden wandern, wo es Krankheit und Seuchen gab, Not und Krieg, oder den Rondaquiver hinuntersegeln nach Ländern, wo die Menschen in Mietshäusern und Elendsvierteln zusammengepfercht waren und jeden die Gier plagte, es seinem Nachbar zuvorzutun?

Das wollten die Rondeser nicht einsehen. Sie hatten ihre Überschwemmung gehabt. Ihre Vorfahren waren zugrunde gegangen. Eines Tages würde der Rondaquiver vielleicht wieder anschwellen und Vernichtung über sie bringen, bis dahin aber wollten sie leben und tanzen und träumen. Mochten sie doch den springenden Fisch im Rondaquiver mit Speeren erlegen, mochten sie die goldenen Rolvulablüten pflücken und die Weinbeeren zerstampfen, ihre Äcker bestellen, Rinder und Schafe züchten, geliebt und behütet von einem Fürsten, dem ewige Jugend eigen war, einem Fürsten, der dahinging und wiedergeboren wurde. Das ungefähr ist es, was Oldo sagte, doch das Rondesische ist schwer übersetzbar, denn die ganze Sprache unterscheidet sich zutiefst von allen andern europäischen Sprachen.

So veränderte sich das Leben auf Ronda während der Jahrhunderte nach der Überschwemmung nur wenig. Großherzog folgte auf Großherzog, und kein Mensch hatte je eine Ahnung, wie alt der Herrscher oder sein Erbe war. Hin und wieder wurden Gerüchte laut, der Herrscher sei leidend oder habe einen Unfall gehabt – das wurde nie besonders geheimgehalten; die Dinge geschahen eben und wurden hingenommen –, und dann hing eine Bekanntmachung an dem Tor des Schlosses, und man erfuhr, der Großherzog sei gestorben, und der Großherzog lebe wieder. Man konnte das Religion nennen. Theosophen behaupten, ja, es sei eine Religion, und der Großherzog sei das Sinnbild des Frühlings. Was es auch gewesen sein mochte – Religion oder lebendige Tradition – es paßte den Rondesern. Ihnen gefiel die Vorstellung, daß ihr Herrscher das Geheimnis ewiger Jugend seinem Nachfolger auslieferte, und ihnen gefiel seine blonde Schönheit und seine weiße Uniform, und ihnen gefielen die blinkenden Degenscheiden der Schloßwache.

Der Herrscher mischte sich nicht in ihre Vergnügungen ein, ja, er ließ sie leben, wie sie wollten. Solange der Boden bestellt, die Ernte eingebracht und genügend Nahrungsmittel erzeugt wurden, um die Bevölkerung zu sättigen – im Grunde hatten sie keine großen Bedürfnisse, sie waren zufrieden mit den Fischen, dem Geflügel, dem Gemüse, dem Obst, dem Wein und dem Likör des Landes –, mußten auch keine Gesetze erlassen werden. Das Eherecht war so selbstverständlich, daß kein Mensch daran dachte, es zu brechen. Wer hätte Lust gehabt, ein Mädchen zu heiraten, das keine Rondeserin war? Und welche Frau hätte sich bereit gefunden, ein Kind in ihren Armen zu wiegen, das mit plumpen Gliedmaßen und der schlaffen Haut irgendeines Fremden von jenseits der Grenzen behaftet wäre?

Man wird einwenden, daß die Rondeser untereinander heirateten, daß ein kleines Land, ungefähr vom Umfang von Cornwall, von Menschen bewohnt wurde, die alle miteinander verwandt waren. Das läßt sich nicht leugnen. Für jene, die Ronda in früheren Zeiten kannten, war es tatsächlich offenkundig, daß, obgleich nicht davon gesprochen wurde, viele Brüder sich mit ihren Schwestern paarten. Das Ergebnis war in physischer Beziehung nur wohltätig, in geistiger waren ebenfalls keine üblen Folgen zu merken. Die Historiker allerdings wollten wissen, daß just diese Verwandtenheiraten die Schuld an dem Mangel an Ehrgeiz bei den Rondesern trugen, an ihrer lässigen Zufriedenheit, an ihrer Abneigung gegen den Krieg.

Darin lag die Tragödie. Der Westler ist so beschaffen, daß er Zufriedenheit nicht ertragen kann. Sie ist eine unverzeihliche Sünde. Er muß immer einem unsichtbaren Ziel zustreben, sei es nun eine Steigerung des materiellen Wohlstands oder ein größerer, reinerer Gott oder eine Waffe, die ihn zum Herrn des Weltalls macht. Dieses Gift der Unzufriedenheit war es, das schließlich in Ronda einsickerte, in der Berührung mit der Außenwelt entstanden und zur Reife gebracht durch zwei revolutionäre Führer, Markoi und Grandos.

Sie fragen, was sie zu Revolutionären gemacht hat? Andere Rondeser hatten die Grenze überschritten und waren zurückgekehrt, ohne Schaden gelitten zu haben. Was war an Markoi und Grandos so ungewöhnlich, daß in ihnen der Wunsch entstand, jenes Ronda zu zerstören, das seit sieben Jahrhunderten sozusagen unverändert geblieben war?

Die Erklärung ist einfach. Markoi war lahm geboren; er hatte einen verkrüppelten Fuß. Und darum grollte er seinen Eltern. Sie hatten ein benachteiligtes Geschöpf in die Welt gesetzt, und er konnte ihnen nicht verzeihen, daß sie ihn nicht schön geschaffen hatten. Das Kind, das seinen Eltern nicht verzeihen kann, verzeiht aber auch dem Lande nicht, das ihn gewiegt hat, und so wuchs Markoi mit dem Verlangen auf, das Land zu lähmen, wie er selbst gelähmt war.

Grandos aber war von Geburt aus gierig. Man behauptete, er sei nicht reinblütig und seine Mutter habe sich in einer Stunde, die man lieber vergessen wolle, mit einem Fremden von Übersee gepaart, der sich nachher mit seiner Eroberung gebrüstet habe. Ob das nun wahr ist oder nicht, jedenfalls erbte Grandos einen gewinnsüchtigen Charakter und eine flinke Intelligenz. In der Schule – irgendwelche Unterschiede im Schulwesen gab es nicht, alle, mit Ausnahme des Herrscherhauses, empfingen die gleiche Ausbildung – war Grandos immer der Erste in seiner Klasse. Oft kannte er die Antwort noch früher als sein Lehrer. Das machte ihn eingebildet. Der Knabe, der mehr weiß als sein Lehrer, weiß auch mehr als sein Fürst, und so fühlte er sich schließlich der Gesellschaft überlegen, in die er geboren worden war.

Die beiden Knaben wurden Freunde. Gemeinsam überschritten sie die Grenze und bereisten Europa. Nach sechs Monaten kehrten sie mit dem Samen der Unzufriedenheit zurück, der bis dahin unbekannt war, jetzt aber reifte und sich anschickte, durch die Oberfläche zu brechen. Grandos widmete sich der Fischindustrie, und da er intelligent war, entdeckte er, daß der Fisch aus dem Rondaquiver, das wichtigste Nahrungsmittel der Rondeser und ein Labsal für den Kenner, auch auf andere Art verwendet werden konnte. Die Hauptgräte war, wenn man sie teilte, so gekrümmt, daß sie genau die für einen Büstenhalter nötige Form besaß, und das Fett des Fisches, zu einem Teig verarbeitet und mit der Rolvulablüte wohlriechend gemacht, lieferte eine Schönheitscreme, die auch der zähesten, abgenütztesten Haut zugute kam.

Grandos begann ein Exportunternehmen, schickte seine Erzeugnisse überallhin in die westliche Welt und wurde bald zum reichsten Mann von Ronda. Seine eigenen weiblichen Landsleute, die bis dahin in ihrem ganzen Leben weder Büstenhalter noch Schönheitscreme benützt hatten, ließen sich von der Reklame einfangen, die er in den Zeitungen machte, und fragten sich, ob sie ihr Glück durch die Verwendung seiner Produkte nicht steigern könnten.

Markoi ging nicht in die Industrie. Er verschmähte den Weinberg seiner Eltern und wurde Journalist. Bald war er Redakteur des ›Tagesanzeigers von Ronda‹. Ursprünglich war das ein Blatt gewesen, das die Tagesnachrichten mitteilte, sich mit Ackerbau und Handel des Landes befaßte und dreimal die Woche eine Kunstbeilage hatte. Es war üblich, die Zeitung während der mittäglichen Siesta auf dem Lande oder in den Kaffeehäusern zu lesen. All dem machte Markoi ein Ende. Noch immer wurden die Tagesnachrichten gebracht, doch mit einer verstohlenen Tendenz, einem leichten Spott über altüberkommene Sitten und Gebräuche, wie etwa das Stampfen der Trauben – das war natürlich eine Spitze gegen seine Eltern – oder der Fischfang mit Hilfe von Speeren – das war eine Unterstützung seines Freundes Grandos, denn durch diese Methode konnte die Gräte des Fisches zerbrochen werden, und das bedeutete eine Schädigung des Exporthandels – oder das Pflücken der Rolvulablüte – auch das war ganz im Sinn von Grandos, dessen Schönheitscreme das zermalmte Herz der Blume brauchte, und so mußte die goldene Rolvula in Stücke gerissen werden. Markoi trat für das Zerreißen der Blume ein, weil er alles Schöne vernichtet sehen wollte und weil das die Gefühle der älteren Rondeser kränkte, deren liebste Gewohnheit es war, im Frühling die Blüten zu pflücken und Heim, Hauptstadt und Schloß mit ihrem Glanz, ihrem Duft zu schmücken. Diese harmlose Freude konnte Markoi nicht ertragen, und er war entschlossen, gründlich damit aufzuräumen, wie auch mit den andern alten Sitten, die ihm mißfielen. Grandos war sein Verbündeter, nicht weil er selber einen Haß gegen die Gebräuche oder Traditionen von Ronda empfunden hätte, sondern weil ihre Vernichtung sein Exportgeschäft förderte und er somit reicher und mächtiger wurde als seine Nachbarn.

Nach und nach wurde den jungen Rondesern die Schätzung der neuen Werte eingeflößt, von denen sie Tag für Tag lasen. Das Erscheinen der Zeitung war auf sehr listige Art verlegt worden. Sie wurde nicht um Mittag verkauft, zu der Stunde, da man sie durchblätterte und während der Siesta wieder vergaß, sondern auf dem Schloßplatz und in den Dörfern bei Sonnenuntergang, wenn die Rondeser vor Anbruch der Dämmerung ihren Ritzo schlürften und darum angeregter und leichter zu beeinflussen waren. Die Wirkung war unverkennbar. Die jugendlichen Rondeser, die bisher wenig anderes im Kopf gehabt hatten, als sich der beiden schönsten Jahreszeiten zu erfreuen, des Winterschnees und des Frühlingsgrüns, und in beiden Jahreszeiten der Liebe huldigten, begannen jetzt allerlei Fragen aufzuwerfen.

»Haben wir«, so schrieb Markoi, »sieben Jahrhunderte von Vernachlässigung über uns ergehen lassen? Ist Ronda ein Paradies für Toren geworden? Wer die Grenze überschreitet, weiß, daß die wirkliche Welt jenseits unserer Schranken liegt, die Welt der Leistung, die Welt des Fortschritts. Die Rondeser sind nur allzu lang mit Lügen großgezogen worden. Nur in einem sind wir anders als andere Menschen, darin, daß wir Idioten sind, von intelligenten Männern und Frauen verachtet.«

Kein Mensch läßt sich gern einen Idioten nennen. Und solcher Spott erzeugt Zweifel und Scham. Die Fortgeschritteneren unter den jungen Leuten begannen sich unsicher zu fühlen. Und was auch immer ihre Beschäftigung war, der Wert dessen, was sie taten, wurde ihnen problematisch.

»Warum«, fragte Markoi, »werden wir, die Jungen, die Starken, wohlweislich unter einem Regierungssystem versklavt, das uns allen unsere eigenen Besitztümer vorenthält? Wir alle könnten Führer sein; statt dessen werden wir geführt. Die Unsterblichkeit, die uns die Herrschaft über die Welt verleihen könnte, dient nur der trügerischen Persönlichkeit eines einzigen Mannes, der, mit Hilfe eines Tricks, ein chemisches Geheimnis verwendet.«

Als Markoi das an dem Tag des Frühlingsfestes schrieb und das Nötige tat, damit jedes Haus in Ronda ein Exemplar seines Blattes erhielt, da gab es unter den Einwohnern keinen Zweifel mehr; ihre kleine Welt mußte geändert werden!

»Es steckt etwas Wahres dahinter«, sagte ein Mann zu seinem Nachbarn. »Wir sind zu bequem gewesen. Wir sind einfach jahrhundertelang sitzen geblieben und haben hingenommen, was uns gegeben wurde.«

»Sieh nur, was hier steht«, sagte eine Frau zu ihrer Freundin. »Das Frühlingswasser könnte verteilt werden, und keine von uns brauchte alt zu werden. Es ist für alle Frauen mehr als genug vorhanden.«

Keiner wäre so unhöflich gewesen, den Großherzog selber anzugreifen, doch es bestand nichtsdestoweniger eine Unterströmung von Kritik, der wachsende Glaube, das Volk von Ronda sei getäuscht, in Knechtschaft gehalten worden, und darum sei es in Wirklichkeit das Gespött der ganzen Außenwelt. Zum ersten Mal im Verlauf der Jahrhunderte fehlte es dem Frühlingsfest an seiner ursprünglichen Fröhlichkeit. Und als abends der Großherzog auf dem Balkon erschien, herrschte zum ersten Mal in der Geschichte tiefe Stille.

»Welches Recht hat er«, flüsterte ein Bursche, »über uns zu herrschen? Er ist doch auch bloß aus Fleisch und Blut geschaffen, nicht anders als wir selber. Oder nicht? Nur das Elixier ist es, das ihn jung erhält.«

So wurde der Neid geboren, von Markoi und Grandos genährt, und die Touristen, die über die Grenze kamen, bemerkten die neue Stimmung unter den Rondesern, eine Gereiztheit, eine Ungeduld, die schlecht zu ihrem sonst so ausgeglichenen Wesen paßte. Statt mit ungekünstelter Freude ihre nationalen Lebensformen und Gebräuche zu zeigen, begannen sie, zum ersten Mal in der Geschichte, sich ihrer Schwächen wegen zu entschuldigen. Importierte Wörter wie »versklavt«, »rückständig«, »unterentwickelt« wurden mit beschämtem Achselzucken verwendet, und die Touristen, denen es an tieferer Einsicht mangelte, gossen noch Öl in die schwelenden Feuer der Unzufriedenheit, indem sie die Rondeser »pittoresk« und »wunderlich« nannten.

»Gebt mir ein Jahr«, soll Markoi geäußert haben, »gebt mir ein Jahr, und ich werde das Herrscherhaus durch die bloße Lächerlichkeit gestürzt haben!«

Das schmeckte Grandos. Binnen eines Jahres hätte er sich mit allen Fischern am Rondaquiver verständigt, daß sie ihm die Gräten und das Öl der Fische lieferten, die sie in ihren Netzen fingen, und am Ende des selben Jahres hätten sämtliche Blumenpflücker und Blumenpflückerinnen unter siebzehn Jahren sich verpflichtet, ihm das Innere der Rolvulablumen zu bringen, deren Essenz Grandos zu Parfum verwandeln und nach den Vereinigten Staaten exportieren würde. Sie beide, er und Markoi, der Industrielle und der Journalist vereint, würden das Geschick des rondesischen Volkes lenken.

»Denk daran«, sagte Grandos, »daß wir vereint unbesiegbar sind, getrennt aber nichts vollbringen können. Wenn du mich in deinem Blatt angreifst, so verkaufe ich an die Meistbietenden jenseits der Grenze. Sie werden sich hier niederlassen, und Ronda verschmilzt mit dem übrigen Europa. Und du verlierst deine Macht.«

»Und vergiß nicht«, erwiderte Markoi, »daß du meine Politik unterstützen und dein Fischöl und deine Schönheitscreme mit mir teilen mußt, sonst hetze ich jeden jungen Burschen in der Republik gegen dich.«

»Republik?« Grandos hob die Brauen.

»Republik!« nickte Markoi.

»Das Großherzogtum hat sieben Jahrhunderte überstanden«, meinte Grandos bedenklich.

»Ich kann es in sieben Tagen zerstören«, sagte Markoi.

Dieses Gespräch ist nicht in den Dokumenten aufgezeichnet, die sich auf die Revolution beziehen, dennoch ist es Wort für Wort beglaubigt.

»Und der Großherzog?« fragte Grandos. »Wie entledigen wir uns seiner Unsterblichkeit?«

»Auf die gleiche Art«, entgegnete Markoi, »wie ich es mit der Rolvula mache. Ich reiße ihn in Stücke.«

»Er kann uns entfliehen«, meinte Grandos, »das Land verlassen und sich zu den andern verbannten Herrschern auf ihrem grotesken Ozeandampfer gesellen.«

»Nein! Nicht der Großherzog!« sagte Markoi. »Du vergißt seine Geschichte. Alle Fürsten, die an die ewige Jugend glauben, bieten sich selber als Opfer dar.«

»Das ist ja nur eine Sage«, wandte Grandos ein.

»Richtig«, gab Markoi zu. »Aber die meisten Sagen haben eine feste, tatsächliche Grundlage.«

»In diesem Fall«, sagte Grandos, »darf kein Mitglied des Herrscherhauses am Leben bleiben. Auch ein einziges Mitglied würde genügen, um die Reaktion zu ermutigen.«

»Nein, im Gegenteil«, sagte Markoi. »Ein Mitglied muß übrigbleiben. Nicht, wie du befürchtest, als Ziel für die Verehrung des Volkes, sondern als menschliche Vogelscheuche. Das rondesische Volk muß gelehrt werden, seine früheren Gefühle zu verleugnen.«

Am nächsten Tag begann Markoi seinen Feldzug, der auf ein ganzes Jahr berechnet war; bis zu dem nächsten Frühlingsfest. Seine Absicht war, den Großherzog in den Spalten des ›Tagesanzeigers von Ronda‹ auf so raffinierte Art herabzusetzen, daß das Volk des Landes das Gift unbewußt schlucken würde. Das Götzenbild mußte zum Ziel werden, der Balkon zum Pranger. Der Angriff sollte sich zunächst der Schwester des Großherzogs als Mittel zum Zweck bedienen. Die lieblichste aller Frauen, ohne einen Feind im ganzen Land, war sie als die Blume von Ronda bekannt. Markoi hatte vor, sie moralisch und physisch zu demütigen.

Sie meinen, daß dieser Mensch böse war? Ach nein, Unsinn! Er war ein Idealist.

Der Großherzog war um etliche Jahre älter als seine Schwester. Um wie viele Jahre, das vermochte niemand zu sagen. Und jedenfalls waren alle Aufzeichnungen in der Nacht der Großen Messer verbrannt worden. Aber vielleicht waren es etwa dreißig Jahre. Die Geburtsdaten der großherzoglichen Familie wurden nur im Schloßarchiv aufbewahrt, und das Volk war gar nicht neugierig. Man wußte nur, daß der Großherzog von Ronda seinem Wesen nach unsterblich war und daß sein Geist auf seinen Nachfolger überging. Während dieser sieben Jahrhunderte war im Prinzip immer der gleiche Fürst an der Macht, und der Faktor Zeit spielte keine Rolle. Vielleicht war die Großherzogin Paula gar nicht die Schwester des Großherzogs. Vielleicht war sie seine Urenkelin. Man wußte, daß die verwandtschaftliche Beziehung nebensächlich war, doch jedenfalls war die Prinzessin von echtem Blut und galt seit jeher als seine Schwester.

Für Touristen von jenseits der Grenze war die Herrscherfamilie immer ein Gegenstand des Staunens. Wie können sie, so fragten die Fremden, Jahrhundert nach Jahrhundert hinter diesen Schloßmauern und in diesem, soweit man ihn erschauen konnte, zugegebenermaßen schönen Park leben, im Winter, während der Ski-Saison, in dem Landhaus auf dem Ronderpik und im Hochsommer, wenn die Fische laichen, auf der Insel im Rondaquiver? Was taten sie den ganzen Tag? Langweilten sie sich denn nie? Und dieses ewige Heiraten in der Familie – war das nicht höchst unpassend? Und daneben auch trostlos? Wie steht es mit dem Zeremoniell? Ist es streng? Legt das Protokoll ihnen große Hemmungen auf? Fragte man die Rondeser, so lächelten sie und sagten: »Offen gestanden, wir wissen es nicht. Wir glauben, daß sie glücklich sind wie wir selber. Und warum auch nicht?« Ja, warum nicht? Andere Völker konnten den Begriff »Glück« einfach nicht begreifen. »Es ist unnatürlich«, hörte ich die Touristen sagen, »so zu leben, wie die Rondeser es tun. Wenn sie nur eine Ahnung davon hätten, was die übrige Welt tagein, tagaus für Sorgen hat ...« Ein seltsamer Standpunkt, wenn man darüber nachdenkt. Und nicht ohne Neid. Die Rondeser hatten keine Ahnung und legten auch gar keinen Wert darauf, eine Ahnung zu haben. Sie waren glücklich. Wenn die übrige Welt lieber in Wolkenkratzern oder vorfabrizierten Schuppen hausen und dann einander in die Luft sprengen wollte, so war das ihre Sache.

Um wieder auf die herrschende Familie zurückzukommen – ja, allerdings heirateten die Mitglieder untereinander, nicht anders als das ganze rondesische Volk, Cousin und Cousine und auch noch erheblich nähere Verwandte; doch sie hatten das Gefühlsleben derart verfeinert, daß die gröberen Methoden der sogenannten Paarung nur selten verwendet wurden und ausschließlich, um die Geburt eines Prinzen zu sichern. Hinter den Mauern des Palastes gab es keine Überproduktion, denn eine Notwendigkeit, sich zu vermehren, war nicht vorhanden. Und die Langeweile, von der die Touristen faselten? Wie sollte man sich langweilen, wenn man glücklich war?

Im Herrscherhaus von Ronda waren alle Mitglieder Dichter, Maler, Musiker, Skiläufer, Reiter, Schwimmer, Gärtner – was immer sie locken mochte und woran sie ihre Freude fanden. Es gab keinen Wettbewerb und somit auch keine Eifersucht. Und soviel ich hörte, gab es auch kein Zeremoniell. Der Großherzog erschien allabendlich auf dem Balkon, und das war alles. Natürlich war er es, der das Elixier besaß, und nicht nur seine eigene Formel, sondern auch die Quelle gehörte ihm. Die Grotte, daraus sie sprudelte, war großherzogliches Eigentum und wurde völlig von ihm und einer Gruppe von Sachverständigen verwaltet, die im Gebirge aufgewachsen und von ihren Vätern ausgebildet worden waren. Sich der Quelle zu bemächtigen, war natürlich das letzte Ziel Grandos'.

Selbst für eine rondesische Prinzessin war die Großherzogin Paula ungemein begabt. Sie sprach fünf Sprachen, spielte Klavier und sang sehr schön; und ein berühmter englischer Sammler, der einen der Bronzeköpfe erstanden hatte, die in der Nacht der Großen Messer unversehrt geblieben waren, erklärte, wer auch immer der Schöpfer dieser Skulpturen sein mochte, jedenfalls sei er ein Genie gewesen. Und allgemein hielt man den Kopf für ein Werk der Großherzogin. Natürlich lief sie, wie alle Rondeser, Ski, sie schwamm, sie ritt, doch von ihrer Geburt an war etwas an dieser Prinzessin, was die Phantasie des Volkes anregte und ihre Beliebtheit steigerte. Zunächst hieß es, ihre Mutter sei bei ihrer Geburt gestorben und ihr Vater bald nachher. Dann war der Großherzog, ihr Bruder – wenn es ihr Bruder war –, unverheiratet, und so war die Kleine, deren Geburt mit seinem Regierungsantritt zusammenfiel, sein

Liebling. Es gab damals keine kleinen Kinder im Palast, die früheren Generationen waren herangewachsen, hatten geheiratet, und Paula, aus der Ehe des früheren Großherzogs mit einer seiner Nichten hervorgegangen, war das erste Kind, das im Schloß seit fünfzehn Jahren auf die Welt gekommen war.

Nach und nach begann das Volk das Vorhandensein der Kleinen wahrzunehmen. Ein Kindermädchen, das ein Kind auf dem Arm trug, schaute aus einem der hohen Fenster des Schlosses. Ein Knabe, der Rolvulablüten pflückte, sah in den großherzoglichen Gärten einen Kinderwagen. Und als die Jahre vergingen und Paula heranwuchs, vervielfältigte sich die Zahl der Geschichten, die über sie im Umlauf waren. Da diese Geschichten immer freundlich, immer erheiternd waren, gingen sie von Mund zu Mund – wie die Großherzogin Paula an der höchsten und gefährlichsten Stelle über den Wasserfall des Ronderpiks gesprungen war, der sogenannte Rondasprung, den bisher nur die besten Sportsleute gewagt hatten. Wie die Großherzogin die Schafe an den Hängen oberhalb der Hauptstadt zusammengetrieben und in die Weinberge gescheucht hatte; wie die Großherzogin Paula den Oberlauf des Rondaquivers mit einem Netz abgeschlossen hatte, so daß die Fische nicht entkommen konnten und auf die Wiesen gesprungen waren, wo die erstaunten Farmer sie am nächsten Morgen fanden. Wie die Großherzogin Kränze aus Rolvulablüten auf die Häupter der geheiligten Standbilder in der Galerie des Schlosses gelegt hatte. Wie sie sich in das Schlafzimmer des Großherzogs geschlichen und die weiße Uniform versteckt hatte und ihm nicht sagen wollte, wohin, bis er ihr einen Schluck von seinem Elixier gab.

In all diesen Geschichten mochte kein wahres Wort sein, doch die Rondeser waren davon begeistert. In jedem Haus hing ein Bild von ihr. »Das«, sagte dann der Rondeser stolz zu dem Touristen, »das ist unsere Großherzogin.« Sie war nie »die«, nein, sie war immer »unsere« Großherzogin. Sie wurde die Patronin – der christlichen Patin entsprechend – von fast jedem Kind, das in Ronda auf die Welt kam.

Da der Großherzog und seine Schwester in so inniger Gemeinschaft lebten, hielten es die Rondeser für selbstverständlich, daß die beiden eines Tages heiraten würden. Und jedenfalls, wenn es nicht zur Revolution gekommen wäre, so hätte die Großherzogin ihren Cousin ersten Grades, den Grafen Anton, geheiratet, der Skimeister von Ronda und daneben ein Dichter war. Ein Diener, der die Nacht der Großen Messer zu überleben vermochte, berichtete, daß sie einander seit Jahren geliebt hatten.

Das alles wußte Markoi. Ein Journalist hat überall seine Spitzel, selbst in einem Schloß. Er wußte sehr wohl, daß eine Heirat zwischen der Großherzogin und ihrem Cousin oder eine Heirat zwischen ihr und dem Großherzog genügen würde, um dem Herrscherhaus die Macht noch für mindestens eine Generation zu sichern. Das rondesische Volk hatte viel Verständnis für romantische Liebesgeschichten. Und nichts konnte romantischer sein, als wenn der Unsterbliche seine ewige Jugend dazu verwendete, um die Liebe eines reizenden Mädchens zu erringen. Hatte er keine derartigen Wünsche, so war das seine Sache und ging das Volk nichts an. Dann konnte er eben die Eheschließung seiner Schwester mit ihrem Geliebten segnen, und seine Untertanen würden das mit heiteren Festen feiern. Darum mußte Markoi listig vorgehn, um sein Evangelium unter den jüngeren Leuten zu verbreiten, bevor es zu so einer Hochzeit kam.

In den ersten Wochen seines Feldzugs widmete er täglich eine Spalte des ›Tagesanzeigers von Ronda‹ den Tätigkeiten der Großherzogin. Die Spalte war recht harmlos, und es wurde nie unmittelbar an dem Großherzog Kritik geübt, doch immer fanden sich unbestimmte Andeutungen darauf, daß mit dem Liebling des rondesischen Volkes nicht alles zum besten stehe. Sie sei blaß, sehe nachdenklich drein. Angeblich spähe sie wehmütig aus den Schloßfenstern nach der sorglosen Menge unten auf dem Platz. Sollte eine Entfremdung zwischen dem Großherzog und seiner Schwester eingetreten sein? Scheute sie vor der Verbindung zurück, zu der das Zeremoniell des Schlosses sie zwang?

»Die Blume von Ronda«, schrieb Markoi kühn, »gehört dem rondesischen Volk. Ginge es nach ihrem Willen, so würde sie einen schlichten Bürger heiraten; davon aber hält eine veraltete Tradition sie ab. Das lieblichste Mädchen des Landes darf nicht frei wählen!«

In Wirklichkeit war die Großherzogin just an dem Abend, da diese Notiz im ›Tagesanzeiger von Ronda‹ erschien, mit ihrem Cousin Anton nach dem Landhaus auf dem Ronderpik gefahren. Sie verbrachten dort kurze Ferien, um zu entdecken, wie verliebt sie ineinander waren. Das aber war außerhalb des Schlosses nicht bekannt. Und so wurde es um so stärker bemerkt, daß sie nicht in der Hauptstadt war, denn gewöhnlich winkte sie aus dem Fenster. War sie in Ungnade gefallen? Oder, schlimmer noch, gefangen? Markoi setzte das Gerücht in Umlauf, daß die Großherzogin tatsächlich unter strenger Bewachung im Gebirge sei und dort bleiben sollte, bis sie sich dem Willen des Großherzogs unterwarf und seine Gattin wurde.

Der hochgemute Liebling des rondesischen Volkes mußte gezüchtigt, gedemütigt werden! Das Für und Wider des Falls wurde hitzig besprochen, und in den nächsten Tagen wurde dieser Streit von den Anhängern Markois und Grandos' unablässig angefacht.

»So war es immer, und so wird es bleiben«, sagten die älteren, konservativeren Rondeser, zumeist Leute von den Bergen oder aus den Dörfern. »Die Großherzogin wird eine gute Ehefrau werden und einen prächtigen jungen Unsterblichen zur Welt bringen. Aus Mischheiraten kommt nichts Gutes. Seht euch doch nur die Europäer und die Amerikaner an!«

»Warum will man ihr aber verbieten, glücklich zu werden?« widersprach die Intelligenz der Hauptstadt. »Warum soll sie nicht frei wählen dürfen? Sind die meisten unter uns nicht ebenso gebildet, ebenso geeignet wie ihre Blutsverwandten? Wenn die Großherzogin einen von uns heiraten will, warum soll sie nicht einen von uns heiraten können?!«

Der abendliche Ritzo brachte das Blut zum Wallen, machte aus Möglichkeiten bewiesene Tatsachen. Die jungen Leute aus der Hauptstadt musterten einander, während die Dämmerung warm herniedersank, und fragten sich, wer in Betracht käme, wer, vom Schloßfenster her erspäht, das

Herz der Blume von Ronda erobert haben mochte. Ein Taschentuch wurde im Schnee auf dem höchsten Felsen des Ronderpiks gefunden und darin eine Botschaft: »Rettet mich!« Im Innersten einer Rolvula, die über die Schloßmauer geworfen worden war, fand man, versteckt, einen Ohrring. Ein Bild der Großherzogin mit den Worten »Ich liebe dich« war inmitten einer Schar junger Jäger zu Boden gefallen, die abends von der Gemsenjagd heimkehrten, und keiner wußte, wem das Bild bestimmt war oder woher es kam. Wie können wir sie retten? Wer von uns ist der Geliebte? Man kann leicht begreifen, wie die Leidenschaften sich entflammten und wie die Saat für die Revolution gesät wurde. Tiefe Stille begrüßte das Erscheinen des Großherzogs auf dem Balkon. Selbst ältere Leute hielten sich fern oder zogen sich zurück.

Dann änderte Markoi seine Taktik. Eine Woche lang kein Wort über die Großherzogin! Dagegen wurden die Eigenschaften des Wassers der Quelle ausführlich erörtert. »Gelehrte aus Nord-Europa«, hieß es in einem Leitartikel, »die erst kürzlich das Wasser der Rondeser Quelle untersuchten, erklärten, daß es Mineralien von einem Wert enthält, der dem Volk bisher unbekannt war. Ob der Großherzog mehr davon weiß, können wir nicht feststellen. Doch aller Wahrscheinlichkeit nach verhält es sich so. Diese Mineralien verlängern, nach Aussage der Gelehrten, nicht nur das Leben, sondern auch die Liebesfähigkeit, und sie verleihen Schutz gegen Krankheiten. Die Gelehrten gaben ihrem Erstaunen darüber Ausdruck, daß dieses kostbare Wasser das Eigentum eines einzigen Mannes bleiben soll.« Der Artikel war reichlich mit technischen Einzelheiten gespickt und zählte die Wohltaten auf, die das Quellwasser über die ganze Welt bringen könnte.

Abermals waren die Ansichten zwischen den jüngeren und den älteren Leuten geteilt, als sie beim abendlichen Ritzo diesen Artikel lasen.

»Eines läßt sich dazu sagen«, meinten die vorsichtigen älteren Bauern und Winzer. »Solange die Quelle in den Händen des Großherzogs ist, können wir sicher sein. Wenn sie in andere Hände übergeht – wer weiß, was daraus entstehen kann? Man darf mit Mineralien, ob fest oder flüssig, nicht spielen! Am Ende hat unsere Quelle auch die Kraft in sich, die uns alle eines Tages in Stücke zerfetzt!«

»Richtig!« erwiderten die Hitzköpfe der Hauptstadt. »Und all diese Macht von den Launen eines einzigen Mannes abhängig! Der Großherzog kann sich jung erhalten, nicht wahr? Wir aber haben nur unsere übliche kurze Spanne zu leben, und dann werden wir alt und sterben. Für uns gibt's keine Unsterblichkeit!«

»Ja«, meinten die Jüngeren, »und warum könnten wir nicht auch hundert Jahre alt werden und dabei so aussehen, wie wir heute aussehen?!«

»Weil es für euch nicht gut wäre«, entgegneten die Älteren gelassen. »Ihr würdet nicht wissen, was ihr mit dem Geschenk ewiger Jugend anfangen solltet.«

»Warum nicht?« schrien die Burschen und Mädchen. »Warum nicht? Weiß er es denn?«

So wogte der Kampf der Meinungen hin und her, und schließlich fragte die Jugend, was denn an dem Großherzog überhaupt so bemerkenswert sei. Er erschien jeden Abend auf dem Balkon, und das war alles. Was er den ganzen Tag in seinem Schloß tat, das wußte kein Mensch. Er mochte ein Tyrann sein, der alle seine jüngeren Verwandten seinem Willen unterwarf. Er konnte ein Ungeheuer sein und die älteren Familienangehörigen ermorden, damit sie nie die Wahrheit über sein Alter ausplauderten. Wer hatte je die Grüfte des Schlosses erschaut? Was geschah dort unter dem Schleier des Geheimnisses? In den Kellern, auf dem Dachboden, in den Festungen oben auf dem Ronderpik, auf der Felseninsel im Rondaquiver? Welche Verschwörungen wurden dort angezettelt? Welches Gift gebraut?!

Gerüchte können aus den Tapfersten Feige machen und in den Reihen der Ruhigsten Panik säen.

Markoi beobachtete das Ergebnis seiner Propaganda, hielt sich selber fern und erwiderte, befragt, nur, er sei doch verpflichtet, die öffentliche Meinung wiederzugeben. Er selber habe keine persönlichen Ansichten über die Fragen.

»Es ist beunruhigend«, hieß es in einem zweiten Leitartikel, »wenn wir erwägen, daß die mineralischen Eigenschaften unserer Quellen über die Köpfe des Volkes hinweg einer fremden Macht verkauft und am Ende gegen uns selber benützt werden könnten – wir sagen mit gutem Bedacht ›könnten‹. Wer kann den Großherzog davon abhalten, Ronda, wenn ihm der Sinn danach steht, zu verlassen, die Formel mit sich zu nehmen oder die ganze Verwaltung der Quellen einer fremden Macht zu überlassen, der wir dann auf Gnade und Ungnade ausgeliefert wären? Das Volk von Ronda hat keine Möglichkeit, etwas zu unternehmen, wenn es sich doch um sein eigenes Schicksal handelt. Wir alle leben am Rande eines Abgrunds, der sich auftun und uns heute oder morgen verschlingen kann. Es ist Zeit, daß das Volk von Ronda in den Besitz der Quellen gelangt. Morgen kann es zu spät sein.«

Das war der Augenblick, da Grandos in den Feldzug eingriff. Er schrieb einen Brief an den ›Tagesanzeiger von Ronda‹ und äußerte darin seine tiefe Besorgnis darüber, daß einer seiner besten Mitarbeiter, der Mann, der das Werk am Unterlauf des Rondaquiver leitete, wo die Fischgräten präpariert wurden, bevor man sie in die Fabrik schickte, ertrunken aufgefunden worden war. Sein Körper, mit einem Stein belastet, sei an der Mündung des Flusses an Land geschwemmt worden. Ein wackerer Mann mit Familie, der keinen Grund hatte, Selbstmord zu begehen! War da eine böse Machenschaft im Gange? Und wer trug die Verantwortung? Man hatte ihn am Tag vorher im Gespräch mit einem Angestellten des Schlosses gesehen. Dieser Angestellte war seither verschwunden. War es denkbar, daß die herrschenden Mächte – das Wort »Großherzog« wurde nicht verwendet – die Geheimnisse der neuen, fortschrittlichen Fisch-Industrie erkunden wollten, die so vielen Fischern und Arbeitern Brot gab? Strebte man danach, auch auf dieses Gebiet seine Herrschaft auszudehnen? Was sollte Grandos tun? Sollte er widerstandslos seine Industrie dem regierenden Fürsten ausliefern, oder, wenn er sich weigerte, zusehen müssen, wie man seine Arbeiter ermordete? Wenn die herrschenden Mächte das Wasser der Quellen als ihren Privatbesitz ansahen, so war das etwas anderes. Es mochte ungerecht, ja sogar gefährlich sein, aber es ging Grandos nichts an. Was ihn aber anging, war seine Industrie, die er selber geschaffen und aufgebaut hatte, die keiner Tradition etwas schuldig war, und nun wolle er, das Volk von Ronda solle ihm raten, wie er sich zu verhalten habe, wenn wieder einer seiner Mitarbeiter bedroht werde.

Dieser Ausbruch hätte zu keiner günstigeren Stunde erfolgen können. Die Quellen ... ja, das war ein gewaltiges Thema, und man würde nicht aufhören, sich damit zu beschäftigen. Doch daß ein Mann ertrunken, sehr wahrscheinlich ermordet aufgefunden war, daß die Fisch-Industrie bedroht wurde, das war wieder etwas anderes. Aus dem ganzen Land strömten dem ›Tagesanzeiger von Ronda‹ Briefe zu. Wenn die Fisch-Industrie bedroht war, wie stand es da mit den Reben? Wie mit dem Weinhandel? Wie mit den Kaffeehäusern? Gab es überhaupt noch für irgendeinen Menschen eine Sicherheit?

Grandos erwiderte die Briefe, dankte allen Schreibern für ihre warmherzige Unterstützung, dafür, daß sie für die Freiheit des Handels eintraten, und schließlich teilte er mit, er habe vor seiner Fabrik am Rondaquiver Wachen aufgestellt.

Wachen vor der Fischbeinfabrik ... nie war in Ronda etwas bewacht worden – natürlich von dem Schloß abgesehen. Die älteren Leute waren tief besorgt, doch die jüngeren jubelten. »Das wird's ihnen zeigen«, sagten sie. »Sie können uns unsere Rechte nicht rauben. Hurra für Grandos! Hurra für das Recht eines jeden Menschen, frei zu arbeiten!«

»Sie«, das bedeutete natürlich der Großherzog. Der Umstand, daß er nie einen Menschen bedroht, ertränkt oder auch nur das leiseste Interesse an der Fischbeinindustrie genommen hatte – es sei denn, daß er der Großherzogin gegenüber Scherze über die Frauen machte, deren Büsten eines Halters bedurften –, wurde vom Volk nicht beachtet. Zu groß war die Erregung über das, was man im ›Tagesanzeiger von Ronda‹ gelesen hatte.

Die Stunde war reif, um eine Abordnung zum Schloß zu schicken, und insgeheim von Grandos und Markoi gelenkt, die selber offiziell keinen Anteil daran hatten, versammelte sich eine Schar junger Leute vor dem Schloßtor und überreichte einen Protest, unterzeichnet von den Söhnen und Töchtern der führenden Bürger von Ronda; darin wurde verlangt, der Großherzog solle eine formelle Erklärung über seine Politik verlautbaren lassen.

Am nächsten Tag war am Schloßtor die gewünschte Verlautbarung angeschlagen: »Wenn der Versuch gemacht wird, die Industrien von Ronda zu beherrschen oder die jahrhundertealten Rechte und Freiheiten des Volkes anzutasten, so wird dieser Versuch keinesfalls vom Großherzog unternommen werden.«

Die jungen Rondeser waren verdutzt. Die Antwort war so bündig, so unverbindlich, daß sie beinahe einer Beleidigung gleichkam. Und was hatte sie im Grunde zu bedeuten? Wer, wenn nicht der Großherzog, konnte versuchen, die Industrien zu beherrschen, die Volksrechte anzutasten? Eine Antwort von nicht viel mehr als zwei Dutzend Wörtern auf einen Protest von einem halben Dutzend Seiten! Der ›Tagesanzeiger von Ronda‹ ließ durchblicken, die Antwort sei ein Schlag in das Gesicht der Jugend des Landes.

»Die Bevorzugten klammern sich an fadenscheinig gewordene Symbole und suchen dahinter Schutz«, stand in dem Leitartikel. »Darum die Mystik der Uniform, das einsame Erscheinen in der Öffentlichkeit, das Ritual der Familienheiraten. Die Jugend von Ronda läßt sich nicht länger betrügen. In ihren Händen liegt die Macht zu handeln. Wer seine eigene Jugend bewahren, das Geheimnis den künftigen Generationen überliefern will, der weiß, daß das Geheimnis in der Grotte auf dem Ronderpik liegt und der Schlüssel zu dieser Grotte im Laboratorium des Schlosses.«

Das war der unmittelbarste Angriff, der je auf den Großherzog gewagt worden war. Am nächsten Tag wurde das Thema fallengelassen, und an erster Stelle prangte eine botanische Auslassung über die Rolvulablüte, die, wie der Fachmann behauptete, im Begriff stehe, ihren Glanz und ihren Duft einzubüßen, und das durch die Verseuchung mit gewissen radioaktiven Partikeln, im Zusammenhang mit den Lawinen, die vom Ronderpik ins Tal stürzten. Diese Lawinen gingen stets an dem Westhang des Ronderpiks nieder und nie am Osthang; und der Grund dafür war, daß der Osthang für den Skisport und das Wasserspringen der großherzoglichen Familie verschont bleiben müsse.

»Neueste Untersuchungen haben gezeigt«, schrieb der ›Tagesanzeiger von Ronda‹, »daß der Schnee für die Blüte schädlich ist, und bei einer Anzahl Arbeiter in der Fabrik Grandos, die damit beschäftigt sind, die Blüten für den Export zu mischen und zu pressen, hat sich an den Handflächen eine Reizung durch eine ätzende Substanz gezeigt, die, wie man vermuten muß, Partikel von radioaktivem Staub enthalten kann.«

Die Zeitung brachte eine sensationelle Photographie der mit einem Ekzem bedeckten Handfläche eines Arbeiters. Dieses Ekzem war aufgetreten, nachdem der Mann eine Knospe zerdrückt hatte, die auf den Hängen des Ronderpiks gepflückt worden war. Der Mann könne die Hand nicht mehr gebrauchen und sei ernsthaft erkrankt.

Grandos zeigte gleichzeitig an, er statte alle seine Arbeiter mit Handschuhen aus, damit eine weitere

Gefahr vermieden werde, falls die Rolvulablüten tatsächlich radioaktiv sein sollten.

Und wie stand es mit der Großherzogin? War sie in Vergessenheit geraten? Einer der Angestellten des Schlosses, der in der Nacht der Großen Messer entronnen war und in Ost-Europa Zuflucht gefunden hatte, erzählte jenen, die ihn bei sich aufnahmen, er habe die Ehre gehabt, die Großherzogin und ihren Cousin Anton während ihres kurzen Liebesglücks zu bedienen.

»Nie sind zwei Menschen glücklicher gewesen«, soll er berichtet haben. »Nie zwei Menschen in ihrer Liebe unbefangener und ungekünstelter. Sie liefen auf den Höhen Ski, sie schwammen in den Teichen, und abends bereiteten ich und mein Kamerad, der später ermordet worden ist, ihnen Fische aus dem Oberlauf des Rondaquivers, in Rolvulablättern geschmort und mit dem würzigen Saft der weißen Trauben des Ronderpiks. Der Großherzog hatte ihnen seine eigenen Gemächer zur Verfügung gestellt, von deren Balkonen man die Aussicht nach dem Osten und nach dem Westen genoß. So konnten sie den Sonnenaufgang und den Sonnenuntergang beobachten, doch die Großherzogin sagte mir, sie hätten weder das eine noch das andere getan.«

Diese Geschichte fand nach der Revolution ihren Weg in eine amerikanische Zeitung und wurde von maßgebenden Stellen als Lügengewebe bezeichnet. Doch viele ältere Leute glaubten sie trotzdem.

Anfang März kehrten die Großherzogin und ihr Cousin Anton aus dem Landhaus auf dem Berg zurück und bezogen ihre Zimmer im Schloß, um die Vorbereitungen für die Hochzeit zu treffen. Und damit begingen sie ihren großen Fehler. Sie hätten beide oben im Landhaus bleiben sollen. Doch die Großherzogin war so glücklich, daß sie ihre Seligkeit mit dem Volk von Ronda teilen wollte. Sie begriff nicht, daß die Haltung der Rondeser sich in so kurzer Zeit gewandelt haben konnte. Später wollte man wissen, der Großherzog habe sie gewarnt, und sie habe nicht auf ihn hören wollen.

»Ich habe das Volk immer geliebt, und das Volk hat auch mich geliebt!«

Das hatte sie ganz bestimmt gesagt, und weil sie so glücklich und verliebt war, nahm sie die Hand ihres Cousins Anton, erschien am Abend ihrer Rückkehr am Fenster des Palastes und winkte und lächelte. Unten hatten sich wie gewöhnlich Einwohner und Touristen angesammelt, und plötzlich hoben sich die Köpfe und erblickten die Großherzogin, von der es doch hieß, sie sei in Ungnade oder gar gefangen. Und an ihrer Seite war der Graf Anton! Rasch zog sie sich wieder zurück; vielleicht hatte der Großherzog selber ihr einen Wink gegeben. Doch die Leute unten begannen zu reden und zu fragen.

»So ist sie also nicht gefangen«, sagte einer. »Sie ist hier, sie lächelt, und der junge Mensch neben ihr ist Anton, der Skimeister, der Dichter. Was hat das zu bedeuten? Sie haben doch ausgesehen wie ein richtiges Liebespaar!«

Diese Stunde hätte für Markoi verhängnisvoll sein können, der am selben Abend zufällig mit Freunden auf dem Platze saß. Er schlürfte seinen Riivi-Tee – Ritzo oder einen andern Alkohol rührte er nie an, und Riivi war ein Pflanzenextrakt, der gut für die Galle sein sollte –, aber er war klug genug, zu lächeln und nur wenig zu sagen.

»Das gehört alles zu dem Plan«, sagte er. »Morgen wird am Schloßtor ein Anschlag zu lesen sein.«

Und tatsächlich hing am nächsten Morgen eine Mitteilung am Schloßtor, die besagte, daß binnen kurzem die Eheschließung der Großherzogin Paula, der geliebten Schwester des Großherzogs, mit ihrem Cousin Anton stattfinden werde. Und Markoi ließ eine Mittagsausgabe seines Blattes erscheinen.

»Was hier bereits vorausgesagt wurde«, stand in Riesenlettern auf der ersten Seite, »hat sich ereignet. Die ›Blume von Ronda‹ ist gegen ihren Willen zu einer Vernunftheirat mit einem Blutsverwandten gezwungen worden. Wochen in einsamer Abgeschlossenheit haben schließlich den Widerstand dieses schönen, mutigen, jungen Mädchens gebrochen. Ihr ausdrücklicher Wunsch, einen schlichten Bürger zu heiraten und sich dem Volk von Ronda zu weihen, wurde rücksichtslos beiseite geschoben. Wer weiß, welche Methoden hinter den Mauern des Schlosses verwendet wurden, um die Großherzogin Paula zur Unterwerfung zu zwingen? Diese Methoden sind vielleicht schon seit Jahrhunderten in Gebrauch, wenn machtgierige Fanatiker ihre jungen Verwandten unterdrücken wollen. Anton, der Bräutigam, seit seiner Kinderzeit der Günstling des Großherzogs, hat sich zweifellos vor Monaten mit dem Herrscher dahin geeinigt, die Braut zu teilen und auf diese Art die Nachfolge zu sichern. Das Volk von Ronda hat seine Großherzogin verloren. Die Großherzogin ist dem Volk geraubt worden.«

An jenem Abend brachen in der Hauptstadt die ersten Unruhen aus. Häuser wurden in Brand gesteckt, Fenster von Kaffeehäusern eingeschlagen, ältere Leute, die beruhigen wollten, wurden verprügelt. Ein Angriff auf das Schloß fand nicht statt. Die Garde blieb auf ihrem Posten, doch die Kapelle spielte nicht die Landeshymne, und zum ersten Mal erschien der Großherzog nicht auf dem Balkon.

Am Morgen sammelte sich die Menge verdrossen vor dem Schloßtor und las den Anschlag, den die Garde hier befestigt hatte. Er war von der Großherzogin selber geschrieben und lautete:

»Das Volk von Ronda soll erfahren, daß ich meinen Cousin Anton liebe, daß wir unsere vorehelichen Flitterwochen, die sehr glücklich waren, auf dem Ronderpik verlebt haben, und daß diese nahe bevorstehende Heirat meiner eigenen Wahl entspricht.«

Die Menge staute sich vor dem Dokument und wußte nicht, wem man da glauben sollte. Agitatoren aber, die Markoi und Grandos geschickt verteilt hatten, flüsterten ihren Nachbarn zu: »Man hat sie gezwungen, das zu schreiben. Man hat sie, wer weiß womit, bedroht. Voreheliche Flitterwochen! Wer's glaubt! Als Gefangene des Skimeisters! Dieses Landhaus auf dem Ronderpik sollte verbrannt werden!«

Um Mittag erschien keine Nummer des ›Tagesanzeigers von Ronda‹. Die Abendausgabe brachte keinen Artikel über die Mitteilung der Großherzogin. Nur eine kleine Notiz am Ende einer Seite. Und darin hieß es: »Die Großherzogin Paula hat sich damit abgefunden, die Frau Antons zu werden, des besten Freundes des Großherzogs. Die

Hochzeit findet in allernächster Zeit statt, wenn sie nicht schon stattgefunden hat. Das Volk von Ronda wird seine Schlüsse daraus zu ziehen wissen.«

Die erste Seite gehörte fast ausschließlich einem Bericht über neue Fälle von Ekzemen auf den Handflächen von Grandos' Arbeitern. Auch bei den Arbeitern der Fischbeinindustrie schien das Ekzem aufzutreten. Die Leitung sei ernstlich besorgt und habe die unverzügliche Stillegung beider Industrien angeordnet, während die Angelegenheit wissenschaftlich untersucht würde. Und eine Photographie zeigte Grandos, der dem Kind eines Arbeiters der Schönheitscreme-Industrie den Kopf streichelte und ihm ein Paar winzige Handschuhe gab.

Die Touristen begannen am nächsten Tag, das Land zu verlassen, und die Hotels auf den Inseln im Rondaquiver leerten sich.

»Wir wollen uns doch dieses Ekzem nicht auch zuziehen«, erklärten viele Fremde. »Es heißt, daß es sich ausbreiten kann. Und einer der Fischer hat von maßgebender Stelle gehört, daß die Fische im Fluß verseucht sind. Es hat irgendwie etwas mit dem Schnee von den Bergen zu tun.«

Freunde von Grandos und Markoi mischten sich unter die Fremden auf dem Flugplatz oder an den Grenzübergängen.

»Ganz vernünftig, daß Sie Ronda verlassen«, meinten sie. »Es heißt, daß es Unruhen geben wird. Der Großherzog ist wütend. Wenn das Volk merken läßt, daß ihm die erzwungene Heirat nicht paßt, kann man nicht wissen, was er tun wird.«

»Was kann er denn tun?« wandten ruhigere Ausländer ein. »Er verfügt doch über keine nennenswerten bewaffneten Kräfte! Nichts als diese Garde in ihrer Paradeuniform!«

Doch die Agitatoren zogen ernste Mienen. »Ihr vergeßt«, sagten sie, »daß er die Herrschaft über das Wasser der Quelle hat. Wenn es ihm paßt, dieses Wasser zu entfesseln, kann er das ganze Land überschwemmen lassen. Schon morgen wäre ganz Ronda ersäuft!«

»Wäre er imstande, so etwas zu tun?« fragte ein Rondeser den anderen. »Würde der Großherzog wirklich das Wasser auf uns loslassen?«

Die Leute von der Ebene schauten zum Ronderpik hinauf, der still und fern, viele tausend Fuß über ihren Köpfen aufragte, und die Leute von den Bergen kamen aus ihren Hütten und lauschten dem Rauschen der Fälle, die aus den tiefen Grotten über die Felsen sprudelten.

»Wenn es dazu kommen sollte ... wohin könnten wir uns retten? Wer wäre noch in Sicherheit?«

Zum ersten Mal kannte Ronda, das Paradies für Toren, die Angst.

Die Führer hinter den Kulissen der Revolution waren zweifellos Markoi und Grandos, doch die Einwohner selber waren, nach Lebensform und Interessen, in Gruppen gespalten.

Die jungen Romantiker – und sie fanden sich zumeist in der Hauptstadt – glaubten, die Großherzogin Paula, die Blume von Ronda, werde der Tradition zuliebe zu einer ihr verhaßten Heirat gezwungen, und in Wirklichkeit habe sie ihr Herz einem von ihnen geschenkt. Natürlich kannte keiner den heimlichen Geliebten, doch angeblich war er der Sohn eines angesehenen Bürgers, und keiner der jungen Leute in der Hauptstadt hätte verraten, daß nicht er der Erwählte war. Es wurde zur Mode, mysteriös und schwermütig dreinzuschauen, eine Rolvulablume im Knopfloch zu tragen, abends auf dem Schloßplatz zu sitzen, seinen Ritzo zu schlürfen und düster zu den Schloßfenstern hinaufzublicken.

Die sachlicher Denkenden – und sie waren im allgemeinen mehr in der Industrie zu finden – beunruhigte der Gedanke an den ertrunkenen Mann aus der Fischbeinfabrik und das Ekzem, das auf den Handflächen der Arbeiter festgestellt worden war. Es war vollkommen richtig, daß das Ekzem sowohl unter den Arbeitern der Fischbeinindustrie wie unter denen der Schönheitscreme-Industrie festgestellt wurde, und der Grund dafür war sehr einfach. Die Fischgräten waren scharf und enthielten einen Stoff, der eine empfindliche Haut reizen konnte; während das Innere der Rolvula, wenn man es preßte, einen giftigen Saft ausschied. Grandos hatte sich dazu entschlossen, diese beiden natürlichen Hilfsmittel des Landes auszubeuten, die aber ihrem Wesen nach für industrielle Zwecke ungeeignet waren.

Die fortschrittlichen Rondeser waren erbost, weil sie in der Zeitung gelesen hatten, die neuen Industrien würden durch die Selbstsucht des Großherzogs zugrunde gehen, der sie sich anzueignen wünschte; und die unabhängigen Denker unter den Rondesern entnahmen dem ›Tagesanzeiger von Ronda‹, daß ihre Freiheiten bedroht seien. Den schlichteren Bewohnern des Landes aber genügte der bloße Gedanke an eine Überschwemmung, an die Vernichtung von Getreide und Reben, an die Bedrohung des Viehbestands und des menschlichen Lebens, damit sie sich jeder Partei anschlossen, die ihnen eine gewisse Sicherheit verheißen konnte.

Die Furcht vor der Flut und die Vorstellung, daß der Großherzog in seinem Zorn das Wasser entfesseln werde, das war entscheidend, um die älteren Rondeser zu Revolutionären zu machen. Und das Wissen, daß die Quellen Eigenschaften besaßen, welche ewige Jugend zu verleihen imstande waren, und daß dieses Wasser einem einzigen Fürsten zu seinem privaten Gebrauch diente, war der erste Grund, um die jungen Leute zu entflammen. Die Großherzogin war eine Galionsfigur, ein Symbol. Sie war die Schönheit, die vom wilden Tier in Banden geschlagen wurde. Sie war der Kriegsruf, der Sammelpunkt. Es war nicht weiter schwierig zu erkennen, wie die verschiedenen Strömungen sich zu einem einzigen Ziel vereinigten ... dem Sturz und der Ermordung des Großherzogs.

Die Zeit des Frühlingsfestes näherte sich. Jedermann wußte, daß irgend etwas sich ereignen werde. Das winterliche Eis auf dem Ronderpik mußte zerbrechen, wie es das schon Anfang März immer tat, doch in diesem Jahr würde mit dem Eis auch noch etwas anderes zerbrechen. Würde der Großherzog, der hinter den Mauern seines Schlosses nichts davon merken ließ, daß etwas sich gewandelt hatte, über das Volk von Ronda jäh und ohne Warnung die Katastrophe hereinbrechen lassen?

In ganz Ronda fanden Versammlungen statt. Oben auf den Bergen, in der Ebene, an den Ufern des Rondaquivers, an den Hängen des Ronderpiks, in der Hauptstadt selbst scharten sich Männer und Frauen, wisperten, flüsterten. Die alten Leute sperrten sich ängstlich, verstört in ihre Häuser ein. »Wenn es denn geschehen muß«, hieß es unter ihnen, »so mag es schnell geschehen. Schließen wir die Augen und verstopfen wir uns die Ohren!«

Der Tag des Frühlingsfestes war ein nationaler Feiertag, und in der Regel war das Wetter warm und schön. Die Leute auf dem Land konnten die ersten Rolvulablüten pflücken, die sie in die Stadt brachten, um die Straßen und das Schloß damit zu schmücken, und nachmittags wurden im Stadion, wenige Meilen von der Hauptstadt entfernt, die Ronda-Spiele abgehalten.

Es ist seltsam festzustellen, wie oft sich die Elemente mit irdischer Unrast vereinen, um Krisen herbeizuführen. In den letzten Tagen war es ungewöhnlich kalt gewesen, schon am Abend vor dem Fest begann es zu schneien, und am Morgen schneite es noch immer. Die Rondeser erwachten in einer weißen Welt. Keine Sonne schien, sondern nur ein weißer Himmel wölbte sich, und Schneeflocken in der Größe einer Männerhand senkten sich auf die Gesichter, die in die Höhe schauten. Es war beinahe, als hätte der Schnee böse Absichten und fiele wie ein Mantel über Ronda, um schlimme Pläne zu verhüllen.

»In all den Jahren«, sagten die älteren Leute, »können wir uns an so ein Wetter beim Frühlingsfest nicht erinnern.«

War es möglich, so fragten sie sich, daß das, was

das junge Volk andeutete, den Tatsachen entsprach? Konnte der Großherzog das Wetter ebenso beherrschen, wie er die Quellen beherrschte? War dieser unnatürliche Schneefall ein Vorbote der Vernichtung?

Keine Blüten pflücken ... keine Spiele ... kein Tanz auf den Hängen oder auf dem Schloßplatz. Dann kam der erste Schafhirt, der hoch oben auf dem Ronderpik seine verlorenen Schafe suchte, ins nächste Dorf gestolpert. »Sie kommt«, stieß er hervor. »Die Lawine! Ich habe sie gehört, als ich, vom Schnee geblendet, oben im Wald stand. Keine Zeit mehr zu verlieren!«

Nun hatte es schon früher Lawinen auf dem Ronderpik gegeben, zahllose Lawinen, jahrhundertelang, Winter auf Winter; diese eine aber war anders. Diese Lawine hatte das ganze Gewicht der Propaganda hinter sich. Die Dörfler hasteten durch das Schneetreiben in die schützende Stadt hinunter, und während sie hasteten, hasteten die Gerüchte mit ihnen, kamen ihnen entgegen, umkreisten alle Rondeser, die verzagt beisammenstanden, den nassen Himmel betrachteten, den Fehlschlag des Nationalfestes erlebten. »Der Großherzog hat das Wasser losgelassen, der Großherzog hat den Berg in Bewegung gesetzt!« Die primitive Furcht der Dörfler griff auf die Städter über. »Der Großherzog ist entkommen. Er hat es fertiggebracht, daß der Schnee fällt und uns blendet, damit er mit seiner Familie über die Grenze fliehen kann. Dann, wenn sie in Sicherheit sind, werden die Fluten Ronda zerstören.«

Die Ängstlichsten waren die Arbeiter von Grandos' Fabriken. »Berührt den Schnee nicht, er ist verseucht, vergiftet, berührt nur ja den Schnee nicht ...« Sie kamen aus den Dörfern gelaufen, aus den Ebenen liefen sie, Männer und Frauen, Knaben und Mädchen, in die Hauptstadt. »Helft uns, rettet uns! Der Schnee ist vergiftet!«

In Markois Hauptquartier, der Redaktion des ›Tagesanzeigers von Ronda‹, bewaffnete Markoi seine Anhänger mit den großen Messern, die verwendet wurden, um die Reben zu beschneiden. Als Knabe hatte er mit diesen Messern umzugehen gewußt, und so kannte er ihre Kraft. Seit Wochen hatte er sie auf allen Weinbergen des Landes sammeln lassen.

»Heute erscheint das Blatt nicht«, sagte er. »Geht auf die Straße!«

Dann schloß er sich, mit äußerster Selbstverleugnung, in sein kleines Zimmer, im hintersten Winkel des Gebäudes ein und nahm an den Geschehnissen keinen Anteil. Er aß an diesem Tage nichts. Er stellte das Telephon ab. Er saß da und beobachtete den fallenden Schnee. Denn Markoi war ein Idealist.

Auch Grandos hielt sich abseits. Doch er öffnete den Flüchtlingen, die von den Bergen kamen, seine Tore. Er gab ihnen Suppe und Wein, er gab ihnen warme Kleider – es war erstaunlich, sagten die Flüchtlinge nachher, wie er offenbar auf einen Notstand vorbereitet gewesen war! Er war rücksichtsvoll, sicherte jedem seine Hilfe zu, hatte Medikamente und Verbände zur Hand, ging von einem zitternden armen Teufel zum andern. »Nur ruhig! Ihr seid abscheulich mißhandelt, schrecklich betrogen worden. Aber ich verspreche euch – bald wird alles in Ordnung kommen!« Er erwähnte weder das Schloß noch den Großherzog. Er rief nur noch ein einziges Mal Markoi an, bevor Markoi das Telephon abgestellt hatte; und was er ihm zu sagen hatte, war: »Laß unter dem Volk verbreiten, daß eine Röhrenleitung von der Quelle auf dem Ronderpik zum Schloß führt, und auf ein Zeichen des Großherzogs soll der Strahl aus dieser Leitung auf die Rondeser gerichtet werden, die sich auf dem Schloßplatz versammeln. Dieser erste Strahl wird sie verbrennen, blenden, vernichten.« Dann hängte er auf und verteilte unter den Jammernden noch mehr Nahrungsmittel und Kleider.

So stand es denn. Kein Mensch kann sagen, ein einzelner Mann sei schuld an der Revolution gewesen, obgleich Markoi und Grandos eine so große Rolle gespielt hatten. Es war das Aufkeimen einer Saat, einer Saat, die seit Jahrhunderten in den Herzen der Rondeser geschlummert haben mochte. Furcht vor dem Schnee, Furcht vor der Überschwemmung, Furcht vor der Vernichtung und, just wegen dieser Furcht, Groll gegen den Großherzog, der all diese Kräfte angeblich beherrschte. Und am Ende auch Neid – Neid um der ewigen Jugend willen.

Schlecht? Nein, schlecht waren sie natürlich nicht. Was die Rondeser empfanden, war sehr natürlich. Warum sollte ein einziges Wesen die Elemente beherrschen? Warum sollte ein einziger Mensch die Gabe ewiger Jugend besitzen? Müßten diese Dinge nicht der ganzen Menschheit zuteil werden? Und wenn man einem einzigen Menschen vertraute, hieß das nicht, auf ihn ein ungeheuerliches Vertrauen setzen, ein Vertrauen, das vielleicht nicht gerechtfertigt war?

Eines ist entscheidend. Wenn ein Volk zu zweifeln beginnt, so ist des Zweifelns kein Ende. Der Zweifel zersplittert sich, so viele Stimmungen weckt er, und schließlich ist nichts mehr sicher, kein Mensch ehrlich. Wer den Glauben verliert, verliert die eigene Seele. Der Grund, weshalb die Rondeser jahrhundertelang in so vollendeter Harmonie gelebt hatten, war ganz bestimmt ihre Freiheit von moralischen Maßstäben, ihre Freiheit von Dogmen, ihre Unkenntnis ethischer Systeme. Alles, wonach sie verlangten, war das Leben, und Leben wurde ihnen zuteil. Leben und jene Seligkeit, die dem Innern entspringt. Es traf sich unglücklich, daß einer von ihnen, Markoi, lahm geboren war, und ein anderer, Grandos, gierig; doch so war es nun einmal. Und darum geschah es. Diese Benachteiligungen – denn Benachteiligungen sind es bestimmt, da Gier ein Übermaß an Hunger und Lahmheit das mangelnde Gleichgewicht der menschlichen Gestalt ist – hatten ihre Wirkungen auf zwei Menschen, und diese beiden Menschen steckten andere an.

In der Zwischenzeit aber, während der Schnee fiel, der kurze Tag zu Dunkelheit wurde und die Rondeser in die Hauptstadt strömten – was mochte sich im Schloß selbst ereignet haben?

Darüber werden die Meinungen immer geteilt bleiben. Kein Mensch wird es je mit völliger Bestimmtheit zu sagen vermögen. Die Hitzköpfe der Revolution erklären auch heute noch, der Großherzog sei im Laboratorium gewesen und habe die letzten Vorbereitungen getroffen, um das Wasser vom Ronderpik über die Ebenen zu entfesseln und den mächtigen Strahl von radioaktivem Wasser vergiftend und vernichtend auf das Volk von Ronda zu lenken. Sie erklären auch, er und Anton hätten besonders raffinierte Foltern an der Großherzogin ausprobiert, die, im tiefsten Verlies gefangen, um das Leben des Volkes gefleht habe. Andere wieder sagen, nichts dergleichen habe sich ereignet. Der Großherzog habe Geige gespielt – er war ein sehr guter Musiker –, und die Großherzogin und ihr Geliebter hätten sich umarmt. Und dann gibt es auch Stimmen, die behaupten, im Schloß habe eine Panik geherrscht und hastige Vorbereitungen für eine Flucht seien getroffen worden.

All das konnte wahr sein. Als das Schloß erstürmt wurde, fand man tatsächlich eine Röhrenleitung, die vom Laboratorium unterirdisch zu den Grotten auf dem Ronderpik führte, wo die Quellen entsprangen. Der Musiksalon war tatsächlich kurz vorher benützt worden, ebenso eines der großherzoglichen Schlafzimmer. Und man stellte auch fest, daß Reisevorbereitungen im Gange gewesen waren, doch das konnte sehr wohl mit der gewohnten Übersiedlung nach dem Landhaus auf dem Ronderpik zusammenhängen. Ganz bestimmt entdeckte man keinen Beweis dafür, daß die Großherzogin gefoltert worden war, denn als man sie fand, blickten ihre Augen trübe von Müdigkeit, vielleicht auch vom Weinen. Doch das konnte man deuten, wie man wollte.

Alles, was ich Ihnen mitteilen kann, ist dies – und es ist die beschworene Aussage jenes mit den Revolutionären verbündeten Dieners, der sie um

Mitternacht in das Schloß einließ. Wie er selber hinkam? Davon habe ich keine Ahnung. Bei allen Revolutionen gibt es Spione unter den Dienstleuten. Und seine Erklärung lautete:

»Am Morgen des Frühlingsfestes ereignete sich anscheinend nichts Ungewöhnliches. Der schwere Schneefall während der Nacht machte es wahrscheinlich, daß auf alle Pläne verzichtet werden mußte. Und wirklich, kurz nach zehn wurden wir – das heißt der Torhüter – verständigt, daß weder das Pflücken der Rolvula noch die Spiele stattfinden könnten. Ich habe keine Ahnung, ob irgendwelche Vorbereitungen für die Übersiedlung nach dem Landhaus getroffen wurden, denn mein Dienst erstreckte sich nicht auf die großherzoglichen Gemächer.

Um elf Uhr beriet sich der Großherzog mit Mitgliedern der Familie. Wie viele daran teilgenommen haben, weiß ich nicht. In den drei Monaten, die ich im Dienst war, konnte ich nie feststellen, wie viele Prinzen und Prinzessinnen es gab. Anton kannte ich vom Sehen. Er war dabei, und die Großherzogin Paula auch. Und drei oder vier andere, die ich vom Sehen, nicht aber bei Namen kannte; ich sah sie die Treppe von den großherzoglichen Gemächern herunterkommen und in den Weißen Saal treten. Wir Dienstleute nannten den Raum mit dem Balkon, von dem man den

Schloßplatz überblickte, den Weißen Saal. Ich hatte gerade Dienst am Fuß der Treppe und sah die Verwandten des Großherzogs im Weißen Saal verschwinden. Anton scherzte und lachte. Ich hörte nicht, was er sagte, und sie unterhielten sich immer in einer besonderen Sprache, in einem altmodischen Rondesisch, glaube ich. Die Großherzogin war blaß. Dann wurde die Türe geschlossen, und sie blieben eine volle Stunde drin.

Um zwölf öffnete die Türe sich wieder, und alle kamen heraus, bis auf den Großherzog und die Großherzogin. Ich war abgelöst worden, so daß ich selber sie nicht herauskommen sah, aber einer der anderen Diener berichtete es mir, und ich habe keinen Grund, an seinen Angaben zu zweifeln. Kurz nach eins ereignete sich etwas Merkwürdiges. Uns Dienern wurde gesagt, wir sollten, einer nach dem andern, in den Weißen Saal gehen, weil der Großherzog uns zu sehen wünsche. Ich fürchtete, es sei eine Falle, aber ich konnte nicht aus dem Schloß fliehen, weil ich zu dieser Zeit keinen Dienst hatte und mich darum nicht bei den Türen aufhalten konnte. Zudem hatte ich ja meine Befehle von den Führern der Revolution, im Schloß zu bleiben, bis die Stunde kam, da ich sie einlassen sollte. Ich versuchte, mein Unbehagen zu verbergen, und wartete, bis die Reihe an mir war.

Das erste, was ich bemerkte, war, daß der Großherzog seine weiße Uniform mit dem roten Band des Ordens vom Gerechten trug. Und diese Uniform zog er immer nur an, um abends auf dem Balkon zu erscheinen, oder an Festtagen, wie zum Beispiel zum Frühlingsfest. So meinte ich, daß er auf dem Balkon erscheinen wolle, obgleich die Festlichkeiten abgesagt waren, obgleich der Schnee fiel und obgleich die Menge feindlich gesinnt war. Ich dachte, er müsse den Strahl vorbereitet haben, und wahrscheinlich befinde sich hier, in diesem Saal, irgendwo verborgen, ein Hahn. Aber ich hatte keine Zeit, mich umzusehen. Ich konnte gerade nur die Großherzogin erblicken, die auf einem Stuhl abseits von den Fenstern saß. Sie las irgend etwas und beachtete mich nicht. Soweit ich das feststellen konnte, waren an ihr keine Zeichen von Mißhandlungen wahrzunehmen, aber sie war sehr blaß. Sonst war niemand im Saal.

Der Großherzog kam auf mich zu und streckte mir die Hand entgegen. ›Leben Sie wohl‹, sagte er. ›Ich wünsche Ihnen viel Glück!‹

Aha, dachte ich. Das kann zweierlei bedeuten. Entweder hat er vor zu fliehen und wird das Schloß vor Mitternacht verlassen, oder es steckt eine ganz verteufelte Grausamkeit dahinter, denn er weiß, daß er die Stadt unter Wasser setzen und uns alle vernichten wird. Mit anderen Worten, und wie ich es auch auslegen konnte, war sein Benehmen eine Täuschung.

›Ist irgendwas nicht in Ordnung, Hoheit?‹ fragte ich. Und dazu machte ich das entsprechend erstaunte Gesicht.

›Das hängt von euch ab‹, erwiderte er. Und er war imstande zu lächeln. ›Schließlich ist unsere Zukunft ja in euren Händen. Ich sage Ihnen Lebewohl, weil es unwahrscheinlich ist, daß wir einander noch einmal begegnen.‹

Ich dachte angestrengt nach. Es konnte nichts schaden, wenn ich noch eine Frage stellte.

›Gehen Sie fort, Hoheit?‹ Immerhin war mir nicht sehr wohl zumute, während ich sprach, denn er konnte ja gerade jetzt und hier den Strahl auf mich richten.

›Nein, ich gehe nicht fort‹, sagte er. ›Aber wir werden uns kaum wieder treffen.‹

Ja, er hatte unser aller Verderben beschlossen. Ein gewisser Ton in seiner Stimme ließ das deutlich erkennen. Mich überlief es. Ich weiß nicht, wie ich aus dem Saal hinausgekommen bin.

›Auch die Großherzogin‹, sagte er, ›will Abschied von Ihnen nehmen.‹ Und er wandte sich – man kann sich nicht vorstellen, wie kühl und gelassen er war – zu ihr und sagte: ›Paula, hier ist dein Diener!‹ Ich blieb auf demselben Fleck stehen, wußte nicht, was ich tun sollte, und die

Großherzogin stand auf, ließ das Buch liegen und legte ihre Hand in meine.

›Ich wünsche Ihnen viel Glück‹, sagte sie. Sie redete nicht die Sprache der Familie, sondern das Rondesisch, das wir in der Hauptstadt sprechen.

›Vielen Dank, Hoheit‹, erwiderte ich.

Nun glaube ich fest, daß sie in der Hypnose oder unter dem Einfluß von Rauschmitteln war. Oder auf irgendeine andere Art von diesem Großteufel von Bruder beeinflußt. Denn in ihren Augen war aller Gram der Welt. Und so war es früher nicht gewesen. Ich erinnere mich an die Blume von Ronda, wie sie durch die Wälder des Ronderpiks ritt, und sie war auch die Patronin meiner eigenen Schwester. Damals war sie fröhlich und leichtherzig gewesen – das war allerdings lange bevor sie zu der Heirat mit Anton gezwungen werden sollte. Doch wie sie da in dem Weißen Saal stand und mir ihre Hand hinhielt, konnte ich ihr nicht in die Augen schauen. Ich nahm ihre Hand und murmelte etwas vor mich hin, und ich hätte ihr gern gesagt: Es ist schon alles gut. Nur keine Angst, wir werden Sie retten! Doch das wagte ich natürlich nicht.

›Das wäre alles‹, sagte der Großherzog. Und als ich aufschaute, merkte ich, daß er mich musterte, und der Ausdruck seines Gesichtes war seltsam. Offen gestanden – es war mir peinlich. Es war, als könnte er meine Gedanken lesen und mein Unbehagen spüren. Eines aber war mir sicher. Er war ein Teufel; daran war nicht zu zweifeln ... dann ging ich rückwärts, wie es sich gehörte, und verließ den Weißen Saal.

Er hatte natürlich sehr recht gehabt. Ich habe ihn nie wieder lebend gesehen ... als echter Revolutionär zeigte ich ihm, was ich von ihm dachte, als er an den Füßen auf dem Schloßplatz hing.

Die übrigen Stunden des Tages verliefen ohne Zwischenfall. Ich tat abwechselnd mit den anderen meinen Dienst an den Türen. Keiner von uns sagte ein Wort vom Schnee oder von der Menge, die sich vor dem Schloß sammelte. Einmal war Musik aus den großherzoglichen Gemächern zu hören, doch wer gespielt hat, kann ich nicht sagen. Mittagessen und Abendessen wurden zur gewohnten Zeit aufgetragen. Ich hielt mich abseits, denn ich hatte Angst, es könnte etwas mit dem Plan schiefgehen. Jede Minute erwartete ich, verhaftet zu werden. Ich konnte mir nicht vorstellen, daß der Großherzog keinen Verdacht gegen mich gefaßt haben sollte. Doch es geschah nichts, und es wurde nichts gesprochen.

Zehn Minuten vor Mitternacht bezog ich meinen Posten neben der Türe, die in den Haupthof führte. Es war mir von den Führern eingeschärft worden, die Türe zu öffnen, sobald ich drei Schläge hörte. Wer an die Türe klopfen sollte und wie man an der Garde vorüberkommen wollte, das ging mich nichts an. Mir war unbehaglich zumute, während die Minuten verrannen, und ich hatte noch immer Angst, der Plan könnte scheitern. Die Musik war verstummt, und nun herrschte mit einem Male im ganzen Schloß tiefes Schweigen. Soviel ich wußte, war der Großherzog noch immer im Weißen Saal, doch er konnte auch anderswo gewesen sein; vielleicht im Laboratorium oder im Keller oder hinauf, auf den Ronderpik, entflohen. Es war nicht meine Sache, Fragen zu stellen oder herumzuraten. Meine Sache war es, die Seitentüre zu öffnen.

Drei Minuten vor Mitternacht, ohne vorhergehende Warnung, hörte ich die drei Schläge an der Türe. Und zur gleichen Zeit riß der Diener, der auf dem oberen Treppenabsatz stand, die Türe des Weißen Saals auf und rief zu mir hinunter: ›Der Großherzog geht auf den Balkon hinaus!‹

Er hat den Strahl, dachte ich, er wird ihn auf das Volk richten! Ich öffnete die Seitentüre, und sie stürmten an mir vorbei, die mit den Großen Messern. Weiteren Anteil an den Ereignissen hatte ich nicht. Ich hatte getan, was man mir zu tun aufgetragen hatte.«

Hier endet der Bericht. Er kann noch heute in dem Museum besichtigt werden, wo er im Urkundensaal unter Glas aufbewahrt wird. Der Urkundensaal ist der frühere, im Bericht erwähnte Weiße Saal, aber er sieht jetzt ganz anders aus.

Sie fragen, wie die Revolutionäre an der großherzoglichen Garde vorüberkommen konnten? Die Garde hatte vom Großherzog keinen Befehl, irgendwen anzuhalten. Solche Befehle waren in sieben Jahrhunderten nie erteilt worden. Die Gardisten waren also nicht mit einem überraschenden Angriff überrannt worden. Sie ließen sich niedermetzeln, ohne Gegenwehr abschlachten. Das Blutbad war überaus gründlich. Jeder Diener, jede Magd, jede Person, jedes Tier, alles Lebende innerhalb der Schloßmauern wurde hingemordet. Alle bis auf die Großherzogin. Und davon will ich Ihnen gleich berichten.

Die Revolutionäre drangen durch diese Seitentüre ein; es mußten wohl siebenhundert gewesen sein, das wenigstens wurde nachher immer behauptet, weil es eine Idee Markois war, daß diese Zahl den siebenhundert Jahren großherzoglicher Herrschaft entsprechen sollte. Es war, wenn man so sagen darf, ein Kinderspiel, die Bewohner des Schlosses niederzumetzeln, denn von einem Widerstand war gar keine Rede. Es war leichter, als Reben zu beschneiden. In gewissem Sinn konnte man sagen, daß sie sich selber als Opfer darbrachten. Und – eine peinliche Feststellung, die aber unbestritten ist, denn die jungen Leute sprachen nachher selber darüber – der erste Stoß mit dem Messer erzeugte den gleichen Rausch, den die Rondeser sonst ihrem Ritzo verdanken. Die Berührung mit dem Fleisch, der Anblick des Blutes, und die jungen Leute konnten nicht mehr einhalten, sie dachten an nichts anderes als daran, die wartenden Opfer, wer sie auch sein mochten, niederzumetzeln; Dienstleute, Garden, Prinzen, Lieblingshunde, Kanarienvögel, kleine Eidechsen, alles, was im Schloß ein Leben hatte, mußte hingeschlachtet werden.

Und der Großherzog ... ja, er trat auf den Balkon. Er hatte keinen Strahl zur Verfügung. Nichts wies darauf hin, daß das Quellwasser ihn unsterblich gemacht hätte. Er stand da, in seiner weißen Uniform mit dem roten Orden vom Gerechten, und er wartete. Er wartete darauf, daß Revolutionäre über die Köpfe ihrer Mitbürger hinweg den Balkon erklommen, und er wartete darauf, daß sie sich mit den andern vereinigten, die das Schloß bereits erstürmt hatten. Die älteren Rondeser, die sich hinter ihre Türen verschlossen hatten, sagten nachher, der Schrei von Wut und Haß und Neid – ja, vor allem von Neid –, der aus den Kehlen der rondesischen Revolutionäre aufstieg, als sie sich auf den Großherzog stürzten, sei hoch oben auf den Hängen des Ronderpiks und unten an den

Ufern des Rondaquivers zu hören gewesen. Und die ganze Zeit fiel der Schnee. Ja, der Schnee hörte nicht auf zu fallen.

Als nirgends mehr eine Spur von Leben war und auf Treppen und Gängen das Blut floß, da sandten die jungen Helden der Revolution eine Botschaft an Markoi, der noch immer in seiner Redaktion saß, und diese Botschaft lautete: »Die Gerechtigkeit hat ihren Lauf genommen!«

Markoi kam aus seiner Redaktion, trat aus dem Gebäude des ›Tagesanzeigers von Ronda‹ und ging durch den fallenden Schnee nach dem Schloß. Er fand den Weg zu dem Zimmer der Großherzogin, und hinter ihm gingen seine Anhänger im Gleichschritt. Wie es heißt, klopfte er an die Türe, und sie ließ ihn eintreten. Sie stand am offenen Fenster. Sie war ganz allein. Markoi trat auf sie zu und sagte: »Es ist nichts mehr zu befürchten, Madame. Wir haben Sie erlöst. Jetzt sind Sie frei.«

Nun ... was er oder die revolutionäre Jugend erwartete, kann ich Ihnen nicht berichten; ob Tränen der Dankbarkeit oder des Kummers oder einen Ausbruch von Grauen, von Furcht oder auch ein Zeichen des Einverständnisses; keiner weiß das, denn keiner hatte eine Ahnung von dem, was die Großherzogin wirklich empfand. Nur eines ist gewiß. Sie hatte sich umgezogen; sie trug nicht mehr den Faltenrock, den sie sonst zu tragen pflegte und in den sie auch tagsüber gekleidet gewesen war – das bestätigte jener Diener, der die großherzogliche Familie bespitzelt hatte –, sondern sie hatte eine weiße Uniform angezogen und den Orden vom Gerechten angesteckt. Auch einen Degen hatte sie an der Seite. Und sie sagte zu Markoi und seinen Revolutionären: »Ich wünsche euch Glück. Ich bin eure Großherzogin. Das Quellwasser ist mein Erbteil, und ich besitze das Geheimnis ewiger Jugend. Macht mit mir, was ihr wollt.«

Da führten sie sie auf den Balkon und zeigten sie dem Volk. Und sie mußte auch die Leiche des Großherzogs besichtigen. Manche Leute mögen sagen, das sei grausam gewesen. Das hängt vom Gesichtspunkt ab. Die Rondeser werden nicht aufhören, diese Frage zu erörtern, und die Touristen äußern gleichfalls ihre Ansichten darüber. Wichtig ist eines – was wurde in jener Nacht des Frühlingsfestes hingemordet? Unschuld oder Schuld?

Nun, das wäre alles. Manche meinen, Ronda sei bis zur Unkenntlichkeit entstellt, und abgesehen von seinen natürlichen Reizen – den Höhen des Ronderpiks, den Inseln des Rondaquivers, den Schönheiten der Hauptstadt und natürlich den Vorteilen seines Klimas – könnte es jeder beliebige europäische Kleinstaat sein, der sich anstrengt, den Touristenstrom einzufangen, und mit einer Bevölkerung, die nur das Geldverdienen im Kopf hat. Andere sind anderer Ansicht. Ronda ist fortschrittlich, die neuen Industrien gedeihen, die Städte, die an den Ufern des Rondaquivers aus dem Boden wachsen, sind voll von energischen jungen Menschen, und sie alle streben danach, daß ihre Stimmen in den Räten der Welt Gehör finden.

Psychologisch stellen sie ein interessantes Objekt für Studien dar. Bei all ihrem nationalistischen Geist, bei aller fortschrittlichen Betriebsamkeit ist es ihnen doch noch immer nicht gelungen, das Geheimnis ewiger Jugend zu erbeuten. Und das war der wirkliche Grund für die Revolution gewesen. Sie füllen das Wasser in Flaschen, gewiß, dafür ist Grandos besorgt. Man kann es in jedem Land der Welt kaufen – und nicht billig. Doch es ist nicht das Wasser der Formel. Noch immer ist die Formel das Geheimnis der Großherzogin. Man hat, wie ich schon berichtete, alles versucht, von Schmeichelei über Vergewaltigung, Folter, Einkerkerung, Hunger, Krankheit. Man vermag ihren Willen nicht zu brechen. Sie muß jetzt beinahe achtzig sein, und nach allem, was sie erduldet, sollte man meinen, daß sich das irgendwie merken läßt, doch ihr Gesicht ist ein Mädchengesicht, das Gesicht der Rolvulablume, und keine Demütigung kann ihrer vollendeten Schönheit etwas anhaben.

Nur eines steht fest – nähert man sich ihr, wenn sie auf dem Schloßplatz – oder vielmehr auf dem Museumsplatz – tanzt, und man hat das Glück – oder ist es vielleicht ein Unglück –, ihr in die Augen zu schauen, so kann man darin alles Leid der Welt lesen; und alles Mitleid auch.

Kein Mensch weiß, was geschieht, wenn sie stirbt. Lange kann es nicht mehr dauern. Es ist niemand von der großherzoglichen Familie mehr übrig, dem sie die Formel hinterlassen könnte. Und man muß sich auch fragen, ob es überhaupt lohnend ist, die Formel zu besitzen. Ich meine damit, daß sie der Großherzogin selber nichts als eine Erbschaft von Leid und Gram gebracht hat. Die Männer, die das Geheimnis so eifrig zu ergründen suchten, sind – eine Ironie des Schicksals! – beide tot. Grandos starb bei einem Besuch in den Vereinigten Staaten an einem Magenleiden – er hatte es sich Jahre hindurch zu gut gehen lassen –, und Markoi wurde von einer verheerenden Krankheit befallen. Er schwand vor den Augen seiner Freunde dahin, und am Ende war er kaum mehr als ein Schatten. Die älteren Rondeser, die nie viel für ihn übrig gehabt hatten, sagten, er sei vom Neid auf die Großherzogin zerfressen gewesen, weil sein Plan, sie zu verhöhnen und lächerlich zu machen, fehlgeschlagen war. Doch das kann ebensogut Greisengewäsch sein.

Nein, wenn die Großherzogin stirbt, so stirbt das Geheimnis ewiger Jugend mit ihr. Nicht länger wird es einen Unsterblichen in Ronda oder sonstwo auf der Welt geben. Und darum lohnt es, das Land zu besichtigen, denn, wie die hartnäckigen jungen Rondeser sagen, man kann nie wissen. Sie kann morgen zusammenbrechen oder nächste Woche oder in der nächsten Saison, und wenn es soweit ist, dann wird etwas aus der Welt verschwunden sein, das keiner, weder jetzt noch in der Zukunft, je wieder erschauen wird. Und schon heute kann es zu spät sein …

Geschichten von Frauen im dtv großdruck

Irmgard Keun:
Das Mädchen, mit dem die Kinder nicht verkehren durften
dtv 25050

Irina Korschunow:
Glück hat seinen Preis
dtv 25009

Doris Lessing:
Die andere Frau
dtv 25098

Anne Morrow Lindbergh:
Muscheln in meiner Hand
dtv 25053

Ruth Rehmann:
Die Schwaigerin
dtv 25079

Fay Weldon:
Die Teufelin
dtv 25065

Mary Wesley:
Zweite Geige
dtv 25084

Anna Wimschneider:
Herbstmilch
Lebenserinnerungen einer Bäuerin
dtv 25059

Marguerite Yourcenar:
Ich zähmte die Wölfin
Die Erinnerungen des Kaisers Hadrian
dtv 25017

Autobiographisches im dtv großdruck

Ilse Gräfin von Bredow:
Kartoffeln mit Stippe
Eine Kindheit in der märkischen Heide
dtv 25081

Brigitte B. Fischer:
Sie schrieben mir
oder was aus meinem Poesiealbum wurde
dtv 25026

Isabella Nadolny:
Seehamer Tagebuch
dtv 2580
Ein Baum wächst übers Dach
dtv 25058
Providence und zurück
dtv 25074
Vergangen wie ein Rauch
Geschichte einer Familie
dtv 25086

Maria Simmen:
Ich bin ganz gerne alt
dtv 25091

Vilma Sturm:
Alte Tage
dtv 25049

Karl Heinrich Waggerl:
Das Lebenshaus
dtv 25007
Die Pfingstreise
dtv 25039

Anna Wimschneider:
Herbstmilch
Lebenserinnerungen einer Bäuerin
dtv 25059

Heitere Geschichten im dtv großdruck

Erma Bombeck:
Ich hab' mein Herz im Wäschekorb verloren
dtv 25071

Erich Kästner:
Drei Männer im Schnee
dtv 25048

Claudia Keller:
Frühstück unterm Fliederbusch
dtv 25089

Amei-Angelika Müller:
Pfarrers Kinder, Müllers Vieh
Memoiren einer unvollkommenen Pfarrfrau
dtv 25011
Ich und du, Müllers Kuh
Die unvollkommene Pfarrfrau in der Stadt
dtv 25083

Amei-Angelika Müller:
Sieben auf einen Streich
dtv 25072

Una Troy:
Mutter macht Geschichten
dtv 25003
Die Pforte zum Himmelreich
dtv 25052
Läuft doch prima, Frau Doktor!
dtv 25078

Liebesgeschichten im dtv großdruck

Italo Calvino:
Wenn ein Reisender in einer Winternacht
dtv 25031

Max von der Grün:
Späte Liebe
dtv 25061

Milan Kundera:
Die unerträgliche Leichtigkeit des Seins
dtv 25040

Doris Lessing:
Die andere Frau
dtv 25098

William Somerset Maugham:
Eine Frau von fünfzig Jahren
dtv 25013

Una Troy:
Mutter macht Geschichten
dtv 25003
Die Pforte zum Himmelreich
dtv 25052
Läuft doch prima, Frau Doktor!
dtv 25078

Mary Wesley:
Zweite Geige
dtv 25084

Literarische Anthologien im dtv großdruck

Heinrich Böll zum Wiederlesen
dtv 25023

Das neue Großdruck-Lesebuch
dtv 25060

Lach doch wieder!
Geschichten, Anekdoten, Gedichte und Witze
dtv 25077

Lebenslehrzeit
Erzählungen und Gedanken von Heinrich Albertz, Ingeborg Drewitz, Peter Härtling, Christoph Meckel, Ruth Rehmann, Volker Sommer und Hilde Spiel
dtv 25022

Mutter bin ich jeden Tag
dtv 25064

Eine Mutter hat man nur einmal
Lesebuch
dtv 2586

Weihnachten 1945
Ein Buch der Erinnerungen
dtv 25028

Weil wieder Weihnachten wird
dtv 25046